KB055568

하나님 이제
남 눈치 보지 않고
나답게 살겠습니다

하나님 이제 남 눈치 보지 않고 나답게 살겠습니다

초 판 1쇄 2020년 08월 27일

지은이 김순길
펴낸이 류종렬

펴낸곳 미다스북스
총괄실장 명상완
책임편집 이다경
책임진행 박새연 김가영 신은서 임종익
본문교정 최은혜 강윤희 정은희 정필례

등록 2001년 3월 21일 제2001-000040호
주소 서울시 마포구 양화로 133 서교타워 711호
전화 02) 322-7802~3
팩스 02) 6007-1845
블로그 http://blog.naver.com/midasbooks
전자주소 midasbooks@hanmail.net
페이스북 https://www.facebook.com/midasbooks425

© 김순길, 미다스북스 2020, *Printed in Korea*.

ISBN 978-89-6637-833-3 03810

값 15,000원

※ 파본은 본사나 구입하신 서점에서 교환해드립니다.
※ 이 책에 실린 모든 콘텐츠는 미다스북스가 저작권자와의 계약에 따라 발행한 것이므로 인용하시거나 참고하실 경우 반드시 본사의 허락을 받으셔야 합니다.

미다스북스는 다음세대에게 필요한 지혜와 교양을 생각합니다.

하나님 이제
남 눈치 보지 않고
나답게 살겠습니다

김순길 지음

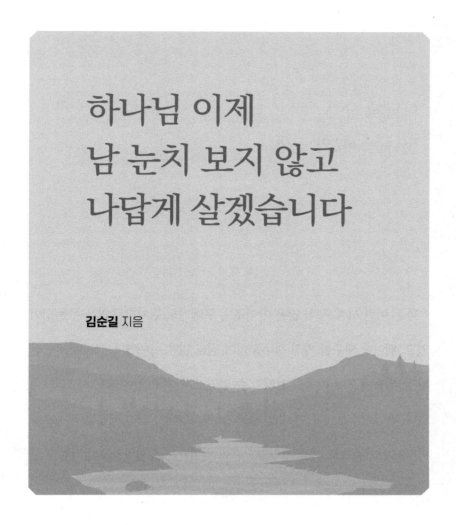

"조금 더 일찍
나를 찾을 걸 그랬다!"

미다스북스

머리말

나답게 사는 빛나는 제2의 인생

나는 어린 시절, 욕심 많은 아이로 누구에게도 뒤처지지 않는 우등생이었고, 뛰어난 재주를 가진 재주꾼이며, 꿈도 많은 아이였다. 그러나 가난한 가정 환경 때문에 학업을 진행할 수 없었고, 가지고 있던 꿈도 사그라져버렸다. 가난이라는 현실이 내 앞길을 가로막고, 내가 가진 재주와 지혜로움마저도 물거품으로 만들어버렸다. 꿈이 있었다는 사실마저도 망각하고 살았던 것 같다.

20대 초반 부모님 곁을 떠나 타지에서 사회생활을 시작하게 되었다. 경험 없는 무지의 상태에서 낯선 사람에게 사기를 당해 많은 빚을 떠안게 되었고, 오랜 세월을 빚을 갚기 위해 힘든 삶을 살아야 했다. 부모님의 가난을 나 또한 대물림이라도 한 듯 가난에서 벗어나기 위해 자신과 싸워야 했다.

어려운 환경 속에서 삼 형제를 키우며 고난의 생활을 할 때 나의 최고의 벗은 하나님이셨다. 나는 하나님께 감사보다 온갖 투정을 부렸지만, 하나님께서는 나의 모든 소원을 알고 계셨고, 하나둘씩 점차 내 소원을 이루어주셨다. 정신없이 살다가 뒤돌아보니 내 삶은 고생의 흔적뿐이었다. 이제부터라도 나를 찾아, 앞으로의 남은 인생을 의미 있게 살고 싶었다.

나를 찾고자 했던 제2의 인생길 또한 하나님께서 펼쳐주셨다. 어느 날 우연히 접했던 유튜브 영상으로 내 제2의 인생길이 열리게 되었다. 그 영상은 바로 〈한국책쓰기1인창업코칭협회(이하 한책협)〉의 김태광 대표, 일명 김도사 님의 것이었다. 유튜브 〈김도사TV〉 채널을 통해 책 쓰기의 의식을 높여가며, 김태광 님의 저서인 『내가 100억 부자가 된 7가지 비밀』이라는 책을 읽고, "나는 미치도록 성공하고 싶었다.", "평범할수록 책을 써라, 성공한 사람이 책을 쓰는 게 아니라, 책을 써야 성공한다!"라는 문장이 오랫동안 가슴속 한편에 머물러 있던 꿈을 눈뜨게 했다.

나는 하나님께 기도했다. '이제부터 내 인생을 위해 나답게 살겠습니다.'라고. 그러기 위해서는 나 자신의 변화가 필요했다. 지나온 삶 속에서 겪었던 경험들과 항상 나와 같이하셨던 하나님의 은혜를 어려움 속에 있는 독자분께 나누어 조금이라도 도움이 되길 바라는 마음으로 책을 쓰게 되었다.

자신의 삶은 자신이 만들어가야 한다. 자신이 가지고 있는 조건에서 나답게 살아가는 길을 찾아야 한다. 〈한책협〉 김도사 님을 만난 이후, 제2의 인생을 나답게 살아가는 나를 만들어낼 수 있었다. 힘든 삶을 살아오면서 항상 남의 눈치를 보며 살아왔고, 타인의 기준을 만족시키기 위해서 노력하며 자신의 삶을 돌아볼 여유조차 없이 살아왔던 삶을 벗어나 하나님께서 주신 가장 큰 축복, 작가의 길을 이제야 부여잡을 수 있게 되었다. 나의 꿈을 이루며 그 꿈을 통해 하나님과 함께 전국으로 강연을 다니고, 인생의 방향을 정하지 못한 분들과 힘든 삶으로 좌절하고 계시는 분들에게 하나님의 은혜를 선물해 드리고자 행복한 마음으로 책을 써나갈 수 있었다.

이 책을 쓸 수 있도록 용기를 준 남편과 삼 형제 아이들, 나의 여동생, 나의 친구, 응원을 아끼지 않은 많은 분들께 감사드린다. 나답게 사는 빛나는 제2의 인생을 위해 나는 오늘보다 더 나은 내일을 살아갈 것을 믿고 확신한다. 이 책을 시작으로 내가 진정으로 원하고 좋아하는 책을 계속 쓰며, 행복한 인생을 살아갈 것이다. 나의 이 책을 읽는 모든 분들이 희망과 용기를 잃지 않고 자신 있게 꿈을 향해 나아가는 행복한 인생이 되기를 진심으로 소망한다.

2020년 7월 김순길

목 차

2장

나에게 내일은 없을지도 모른다

3장

가장 힘들었던 그 순간, 하나님을 만나다

4장

이제 나 자신에게 당당한 인생을 살겠다

1장

열심히 살았는데
왜 불행할까?

01

열심히 살았는데 왜 불행할까?

나의 유년 시절은 꿈같은 모습으로 남아 있다. 충북 괴산군 대촌이 고향인 덕에 아름다운 풍경의 자연 속에서 보냈다. 그곳은 하늘이 우리 집과 맞닿은 듯한 청정 지역이다. 언니 오빠를 따라 뽕나무밭에서 오디를 얼마나 많이 따먹었는지 입술이 시커멓게 물이 들어 집에 오곤 했다. 그 시절 아버지는 옛날 볏짚으로 지은 곳에서 누에를 키우셨다. 언니 오빠는 주로 뽕나무 잎을 따서 누에의 밥으로 주곤 했다. 집 앞 멀리 개울에서 바위를 들춰 가재를 잡고, 충청도 사투리로 올갱이를 끈 달린 주전자에 한가득 잡으며,

들로 산으로 나물을 캐는 언니 뒤를 따라 다니며 마냥 신나는 날을 보냈다.

국민학교(현 초등학교) 입학 전 우리 집은 청주로 이사를 했다. 시골에서 농사를 지으며 사셨던 부모님은 도시로 나온 후, 삶의 터전을 새로 마련하시느라 고된 날을 보내셨다. 도시로 떠나올 때 시골에서 논과 밭 등을 정리한 돈으로 집을 사셨는데, 도시 사람 상대를 해보지 못하셨던 아버지는 사기를 당하셨다. 그 이후 자연 속에서 평화롭게 지냈던 유년 시절은 꿈으로 간직할 수밖에 없었다. 아버지께서는 난생처음 직장생활(염색공장)을 하시느라 무척이나 힘들어 하셨다. 어머니 또한 손수레에 채소를 가득 싣고 장사를 하러 다니셨다. 나는 초등학교 3학년 때부터인가 엄마가 집에 돌아오시기 전에 식구들 밥을 해놔야 했다.

하루는 학교를 마치고 집에 오니, 언니가 누운 채로 가느다랗고 끊어질 듯한 목소리로 시장에 가서 엄마를 모셔오라고 했다. 언니는 시골에 살 때부터 몸이 가녀리고 자주 아팠다. 얼굴이 하얗고 힘이 없어 늘 누워 있었다. 울면서 뛰고 뛰어서 시장에 가서 엄마를 모셔오고, 여동생 손을 잡고 엉엉 울어대며 가까이 계시는 외삼촌댁으로 갔다. 언니가 신장염을 앓고 있었다는 것을 세월이 많이 흐른 뒤에 알게 되었다. 언니의 죽음은 엄마의 통곡으로 남았고, 언니의 모습을 볼 수 없어 여러 날 동안 많이 울어야 했다. 시골에서 살 때의 평화롭던 분위기는 언니를 잃은 슬픔과 삭막한 가난이라는 현실에 부딪혔다. 언니의 마지막 모습은 지금까지도 가슴 저편에 아픈 기억으로 남아 있다.

가난이란 환경 속에서 벗어나기 위해 사회생활을 일찍 시작했다. 청주산업단지 대농에 입사하여 기숙사 생활로 3교대 근무를 하며, 저녁에는 중·고등학교 과정 공부를 하고, 월급을 받으면 아버지께 드려서 집에 보탬이 되었다. 그렇게 젊은 날은 즐겨볼 새도 없이 흘러갔다.

초등학교 시절 같은 반 친구가 부산으로 전학을 가며 부산에는 바다도 있고, 너무 좋은 곳이라고 했다. 그때부터 내 마음속에 부산을 동경하고 있었다. 부산에 친인척이라고는 오촌 아저씨 한 분이 계셨다. 오촌 아저씨가 부산에 계신다는 믿음 하나로 부산 땅에 정착했다. 적은 돈이지만 공부하며 벌었던 500만 원으로 분식점을 시작했다. 청주에서 친구가 하던 분식점에서 곁눈질로 익혔던 게 전부이고, 경험이 적어 실수가 빈번했다. 그래도 젊은 사람이 대단하다는 주위 분들의 응원에 용기를 내어 열심히 하다 보니, 점점 요리 기술도 늘었고 수입도 괜찮았다.

이때부터 나의 직업은 식당일을 하는 사람이 되었다. 하루걸러 오시는 단골손님이 빨리 돈을 벌려면 프랜차이즈 음식점을 해야 한다고 했다. 치킨 업종이 프랜차이즈로 막 발돋움할 때였다. 망설이며 주저하는 내게 목돈을 들여서 프랜차이즈 음식점을 하면 빨리 성공한다고 권유를 하며 자신이 다 알아서 할 수 있도록 해주시겠다고 했다. 나는 그 말에 솔깃했다. 대출을 받고 벌어놓은 돈을 합하면 3,000만 원은 마련할 수 있었고, 프랜차이즈 음식점을 하면 얼마 안 가서 곧 부자가 될 것 같았다. 사회 경험이 적은 나는 의지할 사람 없는 타지에서 생활하다 보니 누가 관심을 보인다는 자체만으로도 현혹되었다.

프랜차이즈 사업을 하시는 분이라며 손님은 두 분의 남자를 소개해줬고, 나는 며칠이 지나서 3,000만 원을 건네주었다. 곧 프랜차이즈 창업을 개설해준다고 했다. 계약한 개설일이 됐는데 프랜차이즈 사람은 오지를 않았다. 요즘 성업 중이라는 말이 떠올라 바빠서라고 여겼는데, 이틀째가 되어도 사람도 안 오고, 연락도 없었다. 중개를 해준 단골손님도 연락 두절이었다. 도대체 어디에, 어떻게 알아봐야 할지 막막하기만 했다.

프랜차이즈 계약서를 들고 법률 사무소를 찾아갔지만 프랜차이즈 계약서 자체가 거짓으로 꾸며진 근거 없는 가짜 서류 뭉치였다. 손님의 말만 믿고 뜬구름을 잡으려 했던 나의 잘못이었다. 사람도 돈도 물거품처럼 사라진 것이다. 점점 가슴이 타들어가는 것 같고, 아무런 말도 생각도 나질 않았다. 며칠을 삶과 죽음의 문턱을 오르내리고 나서야 믿는 도끼에 발등을 찍힌 격으로 사기를 당한 것을 알았다. 이때 이후로 낯선 사람에게 낯을 가리는 트라우마가 생겼다. 사람들은 자신보다 약한 사람을 도와주려 하는 사람도 많지만, 약한 점을 이용 가치로 여기고, 사기를 치는 사기꾼도 많다는 것을 깨닫게 되었다.

타지에서 인생 처음인 실패를 겪고, 아픔과 방황 속에서 힘들어할 때 남편을 만났다. 남편은 나에게 기댈 수 있는 언덕이 되었다. 어릴 적부터 가난한 환경 속에서 자라온 탓인지 내 성품은 집 안에 안주하는 사람은 안 되는 것 같았다. 부산 동래역(옛날 기차역) 앞에 동래식당이라는 함바식당(일하는 사람들이 정해놓은 밥집)을 하게 되었다. 기차역 앞에 아침이면 새벽시장(노점시장)이 열린다. 아침 6시에 새벽시장에서 야채, 생선 등 찬거리를 사서 반찬을 만들고, 이른 아침부터 장사를 시작해 밤늦은 시간이 돼서야 가게 문을 닫았다.

반복적인 고된 현실 속에서 왜 나는 편안히 살 수 없는 건지 자신에게 묻곤 했다. 가진 게 없는 빈주먹으로 살아야 하니 평안한 삶은 내 것이 아니었다. 프랜차이즈로 사기당한 대출금을 갚기 위해서라도 돈을 벌지 않으면 안 되었다. 1998년 IMF로 경제가 어려워지고, 대기업 중소기업 등이 도산하는 일이 속출하다 보니 일하는 사람들이 일을 못 하게 되어 손님도 눈에 띄게 줄어들었고, 식당 문을 닫아야 하는 형편에 이르렀다. 식당을 내놓아도 해보겠다는 사람이 찾아오지를 않았다.

결국엔 권리금 한 푼 받지 못하고 헐값에 식당을 내주어야 했다. 타지 생활 초년생으로 경험 없이 시작한 음식 장사를 통해 많은 사람을 만났고 사기를 당해 빚도 안게 됐지만, 돌이켜보면 인생은 사람들의 연결로 살아가는 것이고, 내가 만난 모든 사람이 소중한 인연법으로 만났던 것이라 생각한다.

우여곡절을 겪고 늦은 나이에 어렵게 얻은 연년생인 첫째, 둘째, 그리고 둘째와 3살 터울인 막내까지 삼 형제 아이들을 키우느라 온종일 바쁘게 움직여야 했다. 어려운 환경이었지만 아이를 키우는 엄마의 보람을 만끽하며 행복도 흠뻑 느낄 수 있었다. 빚이 없고 부자였다면 얼마나 행복했을까?

〈한책협〉 김도사 님의 유튜브를 통하여 김도사 님을 만나게 됐고, 책 쓰기 1일 특강에 참여하여 김도사 님의 최고의 책 쓰기 수업 과정을 통해 김도사 님의 제자가 되었다. 가난에서 벗어나 부자로 성공할 수 있는 길을 향해 가라는 김도사 님의 가르침을 따라 부자의 세계로 달려간다. 내일은 또 어떤 모습으로 내게 다가올지 모르지만, 난 또 이겨내고 앞으로 나아갈 것이다. 가족은 인생의 가장 큰 선물이며, 내 삶의 시작이자 완성품이기 때문이다.

02

빚이 빼앗아간 행복

늦은 나이에 어렵게 얻은 삼 형제 아이들과 오순도순 토닥거리며 부딪히고 사는 평범한 아기 엄마. 말만 들어도 행복한 표정의 모습이 그려진다. 그러나 행복한 풍경의 모습은 나에게 있지 않았다. 남편은 예전에 조그맣게 과일 유통업을 하고 있었다. 그러다 과일 유통업이 마진이 약하다며 유통업을 접었다. 그 이후 고등학교 선배가 보험 대리점으로 많은 돈을 번다고 남편에게 돈을 투자해서 동업을 하자고 권했다. 나는 남편의 얘기를 들으면서도 보험업 계통에 아는 것이 전혀 없어서 남편의 선택에 맡겼다.

제1금융권에서 대출이 어려워 제2금융 대출을 받아 동업 자금으로 하고, 투자한 만큼 퍼센트로 이익금을 받는다고 했었다. 남편의 선배는 투자금은 짧은 기간 안에 충분히 갚아나갈 수 있다고 했다. 아이들이 어려서 생활비를 받아 살림만 하고 있을 때였다. 보험 대리점 동업을 하면서 맨 처음 서너 달은 생활비를 받았다. 그러나 점점 달이 바뀔수록 생활비는 제대로 들어오지 않았다. 나중에 알고 보니 제2금융에서 대출을 받은 원금과 이자를 상환하기 위해 제3금융권에서까지 돈을 빌려서 돌려막기식으로 대출이 늘어나고 있었다.

최고의 비싼 이자를 받는 금융권의 빚은 4,000만 원으로 눈덩이만큼 큰 빚이었다. 모든 것이 경험 없이 제대로 알아보지 않고, 선배의 말만 믿고 따랐던 결과였다. 그렇게 보험 대리점은 빚을 남기고 파산하고 말았다. 프랜차이즈 업종으로 사기를 당해 대출받은 빚도 남은 상태에서 남편까지……. 우리는 빚더미에 묻혀갔다. 생활비도 없어서 카드를 돌려쓰다 보니 결국에 남편과 나에게 신용 불량자 딱지가 붙었다. 수입이 없는 상태로 다섯 식구의 생활은 현관문을 닫아놓은 감옥살이와 같았다. 살 방법을 찾아야 했다.

우리 집 형편을 아시고 집 근처 가까운 교회에 다니시는 성도님 댁에서 가사 도우미를 해줄 수 있겠냐고 부탁을 하셨다. 거절할 이유가 없었다. 세 살된 막내를 업고, 집 안 청소를 하고 주방일을 하며 품삯으로 2만 원을 받아서 생활을 했다. 아이가 낯가림이 심해 떨어져 있지를 않아서 업고 일을 하다 보니 허리가 너무 아파 옆집 할머니(나는 어머니라고 존칭했다)께 아이를 맡기고 일을 하러 갔다 오곤 했다.

그때는 한 달에 30만 원만 있어도 살 수 있을 것 같았다. 어린아이들과 행복해야 할 모든 조건을 빚이라는 무서운 괴물이 모두 다 빼앗아갔다. 열심히 산다고 살았는데 빚더미로 현실에 부딪힌 내 상황을 생각하니 '시시포스의 바위'가 떠올랐다. 지금 내 인생은 빚을 갚기 위한 현실의 반복이라고 생각하자, 내 삶이 끝없이 바위를 밀어 올리는 시시포스와 비슷하다고 생각했다. 무기력한 날들의 반복이었다. 인생을 산다는 것은 모순으로 서툰 일이 반복되었다.

'왜 그렇게 서투르게 행동했을까?'

여배우 윤여정 씨가 어느 예능 프로그램에서 한 말을 떠올리게 한다.

"아프지 않고 아쉽지 않은 인생이 어디 있냐! 내 인생만 아쉽고 아픈 것 같지만 모든 인생이 다 아프고 다 아쉽다고 한다. 60세여도 인생은 몰라요. 이게 내가 처음 살아보는 거잖아. 나도 67살이 처음이야. 내가 알았으면 이렇게 안 하지. 누구나 처음 태어나 처음 살아보는 인생, 그래서 아쉬울 수밖에 없고 아플 수밖에 없고 계획을 할 수가 없어……."

그녀의 말처럼 누구나 인생을 처음 산다. 그래서 서투를 수밖에 없고, 때때로 잘못된 선택으로 인해 아쉬워하거나 아픈 일을 겪을 수도 있다. 이는 누구나 마찬가지다. 그러므로 과거를 떠올리며 '내가 왜 그랬을까?'라며 후회하기보단 처음 살아보는 인생이기에 서투를 수밖에 없다고 겸허히 받아들여서 자신의 그릇을 넓혀야 한다. 한결 더 행복해질 것이다.

올망졸망한 삼 형제 아이들을 바라보는 남편의 모습이 측은했다. 자신이 저질러놓은 빚으로 어린 막내 아이를 업고, 가사 도우미를 하러 가는 내 모습에 얼마나 미안했겠는가. 그런 마음을 알기에 무어라 탓할 수도 없었다.

돈이란 존재는 사람을 살릴 수도 있지만, 죽음에 이르게도 할 수 있다고 여겨졌다. 돈이 가지고 있는 값어치의 힘을 절실히 느끼게 했다. 가장 행복해야 할 시기인데, 가난이라는 현실은 행복이 주는 느낌조차도 잊어버리게 했다. 다행히도 남편은 얼마 지나지 않아 작은 중소기업에 취직이 되었다.

"시작이 반이다."라는 말이 있다. "좋은 시작이 절반의 성공이다."라는 유대인들의 속담에서 유래되었다. 비록 많은 빚을 지고 있지만 열심히 살고 꾸준히 갚으면, 언젠가 빚쟁이라는 멍에를 벗을 날이 올 것이라 믿는다.

가난으로 억눌린 의식을 일으켜 세워야 했다. 희망을 가지고 밝은 모습으로 아이들에게 비춰지는 엄마가 되어주어야 했다. 가난으로 얻은 교훈도 많았다. 가진 것이 없는 자식이나 형제는 가족에게서도 대접받지 못했다. 돈을 빌려달라고 할까 봐 사전에 먼저 벽을 쌓아놓고, 넘어오지 못하게 했다. 타지에서 누구 하나 의지할 언덕배기도 없었던 나는 가난이 서러워서 아프고 또 아파했다. 어린아이들에게도 못 먹이고 못 입히고 남들처럼 갖추어주질 못했던 것이 가장 큰 아픔으로 남게 되었다. 힘이 들 때마다 하나님을 찾았다.

"하나님, 이 가난의 세월을 빨리 지나가게 해주세요."

"막내 아이가 빨리 자라서 어린이집에 맡기고 일하러 갈 수 있게 해주세요."

"아이들이 원하는 것을 해줄 수 있게 해주세요."

"하루라도 빨리 돈을 벌 수 있게 해주세요."

나는 눈물로 매달리며 간절히 기도했다.

〈한책협〉 김태광 도사 님의 저서 『100억 부자의 생각의 비밀』에 나오는 힘을 주시는 글이 떠오른다.

"'나는 지금껏 잘해왔고 앞으로 더 잘할 수 있어.'

'곧 빚을 갚고 행복하게 살 수 있어.'

'내 인생은 이제부터 시작이야.'

'나는 매일 조금씩 모든 면에서 나아지고 있어.'

이제부터는 긍정적인 생각만 해야 한다. 그리고 긍정의 말을 입버릇처럼 해보자. 잠재의식이 부정에서 긍정으로 가득 찰 때 자신의 소망이 빨리 실현되는 체험을 하게 된다. 잠재의식은 우주와 연결된 파이프라인이다. 항상 사랑과 감사를 생각하고 말한다면 우주는 여러분의 소망을 들어주기 위해 바쁘게 움직이기 시작한다. 평소 하는 말에 따라 미래가 달라진다는 것을 기억해야 한다."

이 말씀대로 긍정적인 생각으로 잠재의식 속에 소망이 실현된 것을 믿어야 한다. 그리고 사랑과 감사의 말로 활력을 높이면서 '밝은 미래는 내 것이 됐다'고 자신에게 말하는 것이다. "세월이 약이다."라는 말도 있다. 이 순간도 지나면 다시는 오지 않는다.

다행히 구청에서 아이가 셋에 소득이 적어 저소득층 가정이라고 정부에서 도움을 주었다. 그래서 첫째, 둘째 아이를 어린이집에 적은 돈으로 보낼 수가 있었다.

옆집 어머니께서는 우리 부부가 고생하는 모습이 안쓰럽다고 하시며 "젊으니까 괜찮다."라고 앞으로는 잘살 길만 남았다고 용기를 주신다. 감사하고 고마운 어머니셨다. 요즘처럼 제각각 현관문만 닫으면 어울려 지내기 어려운 아파트가 아닌, 주택에서 살았기에 “가까이 있는 이웃이 먼 친척보다 낫다.”라는 말에 공감이 갔다. 옆집 어머니는 삼 형제 아이들에게도 잊히지 않는 할머니로 남아 있다. 주택에서 살다 보니 아이들도 어린 시절을 즐겁게 보낼 수가 있었다. 집 앞에 유치원이 있어 놀이터에 가서 놀고, 동네 아이들과 어울려 야구도 하고, 나름대로 힘든 가운데서도 주택에서 생활할 때가 사람 사는 것처럼 느껴졌다.

03

아침에 찾아오는 대부업자

삼 형제의 늦은 아침 밥상이 차려졌다. 아이들의 밥을 챙겨주면서도 소리 없이 눈물이 흐른다. 밥 한 술도 뜨지 못하고, 머릿속이 텅 비어 아무런 말도 생각도 나지 않았다. 쪼그리고 앉아 할 일도 잊은 듯했다. 아침 8시도 되지 않아서 금융기관 대출업자라면서 건장한 중년 남자 3명이 현관문을 두드렸다. 그들은 무턱대고 남편 이름을 대며 대출 받아간 돈을 받으러 왔다고 한다. 순간 무슨 일이 일어나고 있는 건지 공포감이 밀려왔다. 대출업자라는 사람은 수일 내에 갚지 않으면 법으로 조치하겠다고 으름장을 놓듯 말을 하고 돌아갔다.

보험 대리점 동업을 한다고 대출받은 4,000만 원은 원금에 이자가 붙은 데다 연체 이자까지 붙어 빚은 점점 크게 늘어가고 있었다. 앞이 막막한 현실이었다. 남편과 나는 신용 불량자 낙인이 찍혀 은행 문을 두드려볼 수도 없었고, 부모님이나 형제들에게도 손을 내밀 수가 없었다. 그동안 생활이 힘들어 간간히 형제분들에게 조금씩 빌려 쓰다 보니 더 이상은 도움을 청할 수도 없지만 연락하는 것조차도 힘들었다. 남편의 월급으로는 다섯 식구가 생활하는 데 쓰고 나면 거의 남는 게 없었다.

매일 아침 찾아오는 대부업자들은 이제는 협박하는 어투로 빚 독촉을 했다. 지금 현실로는 도저히 갚아나갈 길이 없었다. 그러다 지인이 알려준 신용회복위원회를 찾아가서 개인회생 신용회복을 신청했다. 빌린 돈의 원금을 분할하여 매달 형편에 맞게 갚을 수 있는 조건으로 마련된 정책이 있어서 살아갈 수가 있었다.

나는 또 다시 일어서야 했다. 그리고 주어진 현실 속에서 일어나기 위해

19개월 된 막내아들까지 어린이집에 맡겨야 했다. 엄마 품속에서 떨어져본 적이 없는 막내아들은 포대기로 업고 어린이집 문 앞에만 오면, 떼어놓는다는 것을 알고 몸부림을 치며 울어댔다. 모유를 먹었던 막내는 갑자기 엄마 품에서 떨어졌으니 말도 못 하고 얼마나 아팠을까? 고등학생이 된 지금도 잠자리에서 모유를 먹는 듯 쭈쭈 소리를 낸다. 그만큼 큰 충격을 입은 것 같다. 그 이유를 아는 엄마인 나는 가슴이 저려온다. 품에 안고 돌보아야 했지만 박복한 내 현실이 아기 엄마가 아닌 일하는 일꾼으로 내몰았다. 일을 하다 보면 모유가 차서 젖이 불었다. 나는 막내아들 생각에 가슴으로 울어야 했다.

하루 종일 무거운 짐을 들고, 나르고, 앉았다, 일어섰다를 반복하는 식당 일을 하다 보니 허리가 아프고 다리가 저려서 걸음도 걷기 힘들고, 잠도 제대로 잘 수가 없었다. 긴 나날을 참고 견디다 병원을 찾으니 무거운 것을 많이 들어서 척추측만증이라는 진단을 받았다. 약으로 아픔을 달래가며 일할 수밖에 없었다.

아픈 다리로 교통비를 아끼려고 버스 네 정류장 거리를 걸어서 출퇴근했다. 한 푼이라도 절약해야 살아갈 수 있었다. 주방에 산더미만큼 쌓인 설거지를 하고 나면 손가락은 통증과 함께 곱아들었다. 아파도 일을 하기 위해서는 아프다는 말도 할 수가 없었다. 일을 못 하게 될까 봐 쉴 수도 없고, 아픔도 참으며 일을 해야 했다.

식당일을 같이 했던 친구는 내가 부럽다고 말한다. 친구는 아이도 없고, 할 일이 없어 운동 삼아 일을 한다고 했다. 친구는 수시로 삼 형제 꼬맹이들 갖다 주라며 맛있는 간식과 장난감을 손수 장만하여 건네주곤 했다. 사람은 누구나 걱정거리 없이 살지는 않는가 보다. 물론 아무 걱정 없이 모든 것을 다 이루고 사는 부유층의 사람들도 많을 것이다. 지금의 나는 빚을 갚기 위해 밤늦게 귀가했다. 아이들은 아빠가 차려준 저녁을 먹고, 잠들어 있었다. 이렇게 사는 나도 누군가에게는 부러움의 대상이라니.

그래! 이 아이들만은 하나님의 축복으로 내 품에 안긴 삼 형제였다.

"두려워하지 마라. 내가 너희와 함께 함이라. 놀라지 마라. 나는 네 하나님이 됨이라. 내가 너를 굳세게 하리라. 참으로 너를 도와주리라. 참으로 나의

의로운 오른손으로 너를 붙들리라." (이사야41:10)

박종혁은 그의 저서 『30억 빚을 진 내가 살아가는 이유』에서 보이지 않는 하나님께 매일 기도를 한다고 말한다.

그는 '이 큰 빚을 갚을 수 있을까?'라는 의문이 들어도 결국 갚아야 하는 현실을 깨달으며 힘든 나날을 보냈다. 아무리 열심히 벌어도 빚을 갚으면 남는 돈이 없어 그럴 때마다 허무에 빠졌다고 한다. 쓸데없는 생각은 사치에 불과한, 일만 하는 로봇처럼 느껴졌다고 이야기했다. 그는 두려울 때마다 신에게 도움을 구했다고 한다. 교회에 다니지도 않고 종교도 없었지만 사람의 힘만으로는 이겨내기 어려운 상황이었다고 말한다.

'하나님 도와주세요. 저는 당신이 필요합니다. 두려움이 찾아올 때 나를 떠나지 말아주세요. 제발 이 힘든 일상에서 벗어나게 도와주세요. 많은 돈을 벌 수 있게 도와주세요. 제발 빚을 갚을 수 있게 도와주세요.'

나와 같은 상황 속에서 얼마나 힘이 들었을까? 아픈 고난들로 이어지는 절박함으로 믿어보지도 않던 하나님께 매달렸던 것이다.

나는 언제부터인지 모르지만, 내 안에 하나님이 계시다는 느낌을 받았다. 아마도 어릴 적 교회에서 마련한 부흥회에 갔을 때 처음 예수님을 영접하게 되었던 것 같다. 그러나 마음이 평안할 때는 하나님을 주시하지 못하고, 어려움이 오면 그제서야 가슴으로 하나님을 찾았다. 바쁘게 하루하루를 지내다 보니 하나님께서 내게 얼마나 큰 축복을 주셨는지도 깨닫지 못하고 살아왔다.

아이들이 어린이집에서 돌아오면 옆집 어머니께서 친손자 돌보듯이 보듬어주시고 따뜻하게 아이들을 돌보아주셨다. 나 혼자 힘으로 부족할 때 옆집 어머니는 멀리 떨어져 있는 친어머니보다 소중한 손길로 많은 도움을 주셨다. 혼자서는 결코 살 수 없는 것이 인생인 것 같다. 지금도 어려웠던 그때의 날들을 떠올리면 어렸던 아이들에게 엄마의 손길이 가장 많아야 했을 터인데, 그 자리를 못 지켜주고 살갑게 감싸주지도 못했던 날들에 가슴이 아파온다. 옆집 어머니께 받은 사랑은 오랜 시간이 흘러서도 소중하게 간직되었다. 요즘도 가끔 전화를 드려서 안부를 전한다. 항상 "건강이 최고

다. 건강한 몸이 제일 큰 재산이다."라고 말씀하신다. 친어머니처럼 이젠 몸을 아껴야 한다고 조언을 해주신다.

우리 집 가까이에 경로당이 있었다. 경로당에 오시는 이웃 할머니께서는 우리 집 아이들이 엄마 없이 보내는 낮 시간이 많다 보니 안쓰럽고 걱정이 되셨는지, 할아버지 할머니 간식으로 준비되어 있는 과자, 사탕, 떡 등 많은 음식을 늘 가져다주시곤 했다. 밤늦은 시간에 일을 마치고 돌아와 보면 음식이 한 보따리씩 놓여 있었다. 고마우신 할머니, 너무나 감사해서 소리 없는 눈물이 흐른다. 나 자신이 생각하기엔 힘겨울 뿐이다. 그냥 스쳐 지나가는 소낙비를 맞았다고 여기면 된다. 곧 무지개가 나를 반겨줄 것이다.

주위 많은 분들의 사랑에 힘입어 넘어져도 일어서는 오뚜기처럼 살아야 한다. 젊음이라는 최고의 자산이 있어서 빚에 대한 큰 부담은 들지 않았다. 건강하게 잘 커주는 아이들에게 감사하고, 다섯 식구가 다 모이면 웃음꽃도 피어났다.

우리 집에 대출업자들이 찾아온 뒤로 가족의 최소한의 행복까지도 빼앗졌다. 빚쟁이의 슬픔과 고통은 어린 자식들에게까지 아픔을 주었다. 빚이라는 단어에 맺힌 시련을 기억 속에서 버리기 위해 숨겨놓은 아픔을 들추어본다. 책을 쓰기 위해 머릿속을 헤아려보니 기억 뒤편 한 자락에 한 움큼의 아픈 기억으로 고스란히 존재하고 있었다. 이제는 이렇게 글로 옮겨 털어놓았으니 아픈 기억에서 벗어나길 바라는 마음이다.

04

삼 형제
어린이집

허리에 통증이 너무 심해서 한동안 일을 못 하고 쉴 수밖에 없었다. 억지로 쉬는 것도 내게는 큰 복을 얻은 것 같았다.

저녁 준비를 하고 있는데 집으로 올라오는 계단 쪽에서 쿵 하고 떨어지는 소리와 동시에 둘째 아들의 큰 울음소리가 들렸다. 놀라서 나가보니 둘째 아들이 머리를 두 손으로 움켜잡고 계단에 웅크리고 울고 있었다. 골목길에서 형과 배드민턴을 치다가 셔틀콕이 옥상으로 넘어가 찾아서 내려오는 길에 뒷머리를 계단에 박은 것이었다. 뒷통수가 금방 주먹만 하게 부어 올랐다.

부랴부랴 들쳐 업고 정형외과로 갔다. 의사는 X-ray를 찍고 경과를 지켜봐야 한다고 했다. 많이 다치지는 않았는데 구토를 하거나 두통이 멎지 않으면 큰 병원으로 가야 할 것 같다고 했다. 제발 더 큰 일이 일어나지 않게 빌었다.

한참 동안 지켜보니 괜찮아서 불행 중 다행으로 집으로 오게 되었다. 철렁 내려앉았던 가슴이 진정되는 것 같았다. 아이도 많이 놀라서 청심환을 조금 먹여서 잠을 재웠다. 하나님께 감사했다. 계단에 떨어질 때 하나님이 반쯤은 받아주신 것 같다.

충격으로 계단에 찍혔던 뒤통수 부분은 500원짜리 동전 크기만큼 아직도 머리카락이 나지 않는다. 둘째 아들은 머리가 나지 않는 상처 부위를 만지며, 형이 뛰어 내리라고 해서 상처를 입게 되었다고 투덜거린다. 남자아이가 셋이다 보니 조용하게 보내는 날이 드물 정도로 개구쟁이였다.

허리 통증으로 며칠을 쉬는 것도 잠시, 가고 싶지 않은 식당일을 하러 가야 했다. 아침 일찍부터 서둘러서 세 아들에게 밥을 먹이고 옷을 입혀서 막내는 등에 업고 어린이집으로 향했다. 며칠을 엄마 품에 붙어 있다가 떼놓으려 하니, 막내는 안 떨어지려고 옷깃을 잡고 울어댔다. 아이를 억지로 떼어놓고 돌아서면 내 눈에도 눈물이 흘렀다. 누가 볼까 고개를 하늘로 들었다, 땅으로 숙이기를 몇 번, 발걸음은 일터를 향해 바삐바삐 움직였다. 평생 잊히지 않는 가슴에 맺힌 슬픈 기억이다.

부산에는 한겨울이 되어도 눈이 오는 날이 거의 없었다. 2005년 겨울, 어느 날은 하늘에서 축복을 주시듯이 흰 눈이 펑펑 쏟아져 눈사람을 만들 수 있을 정도로 쌓였다. 온 동네 어른, 아이 모두 즐거워했다. 눈 내리는 날이 드물다 보니 아이들과 남편도 신이 나서 눈을 뭉쳐 눈싸움을 하고 골목길에서 미끄럼을 탔다. 즐거움과 행복을 준 눈 선물에 감사했다.

그런데 이튿날 어린이집으로 가는 길엔 길이 미끄러워 발자국을 떼기가 겁이 났다. 어린이집 가는 길은 오르막으로 경사진 길을 가야만 했다. 두 아들은 걸리고, 막내는 등에 업고, 엉금엉금 기어서 비탈진 길을 올라가려 하니 미끄러워서 도저히 걸음을 옮길 수가 없었다. 한참을 올라가려고 시도를 하다 올라갈 수가 없어서 먼 길을 돌아서 어린이집을 가야 했다. 아이들을 어린이집에 들여보내고 일하러 가는 나는 출근 시간이 늦어서 뛰다시피 걸음을 재촉했다.

부산에서 30년 넘도록 사는 동안 그렇게 많은 눈은 처음이었다. 흰 솜뭉치 같이 쌓인 눈으로 행복했던 추억과 어린이집 가는 길의 험난했던 기억은 아이들에게도 나에게도 깊이 새겨져 있는 추억이다.

밤늦게까지 일을 하는 엄마를 둔 아이들은 남편이 퇴근해서 데리러 올 때까지 긴 시간을 어린이집에서 보내야만 했다. 혹 남편이 늦을 때면 옆집 어머니께서 데려와 보살펴주셔야 했다.

열악한 환경 속에서도 남자아이들이어서 그런지 활발하고 명랑하고 건강하게 잘 자랐다. 어린이집에서 부모 참여 수업이 있는 날은 삼 형제 모두 들떠서 신나게 큰 소리로 수업을 하는 모습을 볼 수 있었다. 이렇게 엄마라는 내 이름이 소중하다고 느끼게 해주는 아이들이었다.

어린이집 선생님들을 잊을 수가 없다. 어린 막내아들이 보채면 달래주고, 먹이고, 재우고 엄마인 내 품을 대신해 안아주고, 꽃다운 나이의 젊은 선생님은 하늘에서 내려 온 천사 같았다. 참으로 숭고하신 선생님이셨다.

3살 무렵부터 어린이집에 보내야만 했던 막내아들은 어린이집에서 가르쳐준 정리정돈, 웃어른께 대하는 예절 교육, 남김없이 골고루 먹는 식습관, 깨끗이 하는 청결 교육이 고등학생이 된 지금도 몸에 배여서 현관문을 나설 때나 들어올 때 흐트러진 신발을 가지런히 놓고, 거실 테이블에 지저분하게 놓인 물건을 각을 맞춰 정리하고, 밥을 먹을 땐 국물 하나도 안 남기는 습관을 가졌다. 첫째, 둘째 아들은 집 안에 흐트러진 것들을 정리하는 막내아들을 결벽 증세가 있다고 놀린다. 외출했다 집에 오면 입었던 옷도 가지런히 각을 지어 정리해놓는다. 하루 종일 일하는 엄마인 나를 대신해서 정리정돈을 해주는 막내에게 고맙고 감사하다고 말한다.

어린이집 행사에서 제일 큰 재롱잔치 날이 다가왔다. 첫째 아들은 7살, 둘째 아들은 6살, 막내아들은 3살, 삼 형제가 하는 재롱잔치는 집안의 큰 행사였다.

첫째 아들은 특별하게 성경의 주기도문을 영어로 발표했다. 멋진 턱시도를 입고 똘망똘망하게 영어로 주기도문을 풀어나가는 첫째 아들의 자랑스럽고 대견한 모습에 참여한 부모님들은 조용히 귀 기울이며 경청했고, 환호성을 울리며 박수갈채를 보내주었다. 7살 어린아이의 당차고 멋진 모습이 내 아들이 맞는가 하는 의문이 들 만큼 자랑스러웠고, 기뻐서 입이 귀에 걸릴 정도로 웃을 수 있었다.

첫째와 둘째는 태권도를 배우고 있었다. 훗날 막내도 형들과 함께 태권도를 배우게 되었다. 둘째 아들은 조그맣고 야무진 모습으로 태권도 발차기와 주먹으로 격파술을 씩씩하게 보여주었다.

삼 형제 아이들은 성품 성격 특징 등을 서로 다르게 가지고 있었다. 첫째 아들은 여리면서도 지혜로움이 있는가 하면, 둘째 아들은 남자아이답게 우직하고 고집이 센 아이였고, 막내아들은 조용하면서도 제 할 일을 스스로 해내는 아이였다. 막내의 재롱잔치는 예쁜 한복을 입고 꼬마신랑으로 변신해 '갑돌이와 갑순이' 노래에 맞추어 조그만 몸을 앙증맞게 들썩이며 무용을 해 한바탕 웃음꽃을 선물해주었다.

바쁘고 힘든 날을 보내면서도 세 아이들이 주는 행복과 기쁨, 사랑은 세상 그 무엇과도 바꿀 수 없는 최고의 보물이었다. 세 아이들은 나에게 몸이 아파도 일을 할 수 있고, 용기와 희망을 주는 원동력이었다.

남편에게 가장 좋으면서도 힘들었던 일이 삼 형제 아이를 데리고 목욕탕을 가는 것이었다. 목욕용품을 한 가방 챙겨서 목욕탕에 갔던 네 부자의 추억 또한 값진 기억으로 남았다. 남편 혼자서 세 아이들을 씻기고 나면 힘이 빠져서 당신 몸은 씻을 힘이 없다고 했다. 그런 모습이 안쓰러웠는지 목욕탕 때밀이 아저씨가 도와주기도 했단다.

삼 형제를 키운다는 것은 남편과 나의 헌신적인 노력 없이는 힘에 겨운 일이었다. 어린 시절 남편과 친구처럼 지내왔던 아이들은 성인이 된 지금도 엄마인 나보다 남편을 잘 따르고 취미활동도 같이 한다.

05

고모님의 선물 보따리

막내아들은 해운대에 계시는 고모님을 만나러 갔다. 데이트를 청하시는 고모님의 전화를 받고 신이 나서 옷매무새를 폼 나게 차려입고, 신이 나서 고모님과 데이트를 하러 갔다. 우리 집은 남산동에 있어서 해운대까지 가려면 지하철을 두 번 갈아타야 했다. 고등학생이 된 막내는 고모님의 데이트 신청에 한마디 거절도 없이 승낙을 한다. 엄마인 나보다 고모님과의 데이트를 더 많이 했을 정도니 당연하게 받아들인다.

고모님과 만나면 최고급 음식을 먹고, 멋있는 카페에서 커피를 마시며 담소를 나누고, 신세계나 롯데백화점에서 쇼핑을 하고 비싼 메이커 운동화, 옷 등 갖고 싶은 것을 사주시려 애를 쓰신다. 막내아들이 금액을 보고 놀라서 머뭇거리면 비싸지 않다 하시며 사주셨다. 고모님을 만나고 집에 올 때면 양손에 가득 선물 보따리를 들고 왔다.

삼 형제가 어린이집을 다닐 때 우리 집은 사는 형편이 말이 아니었다. 그래서 고모님은 조카들이 염려되어 먼 거리에 있는 우리 집을 자주 찾아오셨다. 오실 때마다 배낭을 가득 채우시고, 양손에 조카들이 먹을 간식, 장난감, 생필품 등을 가득가득 담아 힘겹게 메고 들고 와주셨다.

어느 날 고모님이 아침 일찍 오셨다. 내가 일을 하루 종일 하다 보니 출근하기 전에 아이들도 볼 겸 해서 일찍 오셨던 것이다. 들고 오신 선물 보따리를 정리하고, 고모님과 같이 어린이집으로 갔다. 등에 업은 막내를 내려놓으니 엄마 품에서 떨어지는 두려움 때문인지 몸부림치며 울어댄다. 떨치고 돌아오면서 흐르는 눈물을 고모님도 흘리고 계셨다. 눈물을 흘리면서 고모님을 보내드리고 일하러 가야 했다. 고모님은 지금도 그날 기억을 떠올리면 가여운 막내 생각에 가슴이 짠하다고 하신다. 그래서인지 막내아들에게 고모님은 특별히 사랑을 주셨다.

어린아이들을 떼어놓고 밤늦게까지 일하고 고생하는 우리 부부에게 고모님은 많은 힘이 되어주셨다. 삼 형제 아이들에게 고모님은 계절을 안 가리고 찾아오시는 크리스마스의 산타 할아버지와 같았다. 아이들이 기대하며 기다리는 고모님이셨다.

나폴레온 힐은 그의 저서 『생각하라! 그러면 부자가 되리라』에서 "나눔이라는 신성한 방법을 실시하지 않는 사람은 행복의 진정한 통로를 발견하지 못할 것이다. 왜냐하면 행복은 나눌 때만 비로소 찾아오기 때문이다. 따라서 모든 富는 타인에게 봉사하며 나누는 단순한 방법을 통해 더욱 가치를 지니고 증식된다는 점을 영원히 잊지 말아야 한다."라고 말했다.

고모님 또한 나눔의 천사였다. 아이들에게도 고모님의 얘기를 들려주며, 잘 커서 성인이 되면 고모님 은혜를 잊어서는 안 된다고 말해주고, 베풀어주고 선행하는 미덕을 갖춘 사람이 되라고 가르친다. 항상 웃으시며 힘든 내색 한 번도 안 비추시고 먼 길을 마다하지 않고 달려오시는 고모님의 은혜를 아이들도 거울삼아 어려운 이웃에게 나눔을 실천하는 기부천사가 될 것이다. 내 가슴에도 가지고 있는 꿈 중의 한 부분이다. 나누어주는 마음가짐이 우선이고, 행동으로 실천하는 나눔의 천사로 살 것이다. 삼 형제들을 하나하나 신경 써서 배려해주시고, 언제나 곁에 두고 계신 듯 감싸주시는 고모님의 따사로운 사랑을 아이들도 잊지 않고 은혜를 갚을 것이다.

시골에 계시는 시부모님께도 고모님은 영웅이었다. 고모님이 제일 많은 선물을 해주셨다. 시부모님께서 불편한 생활을 하실까 봐 배려해서 살림도 장만해주시고, 건강식품, 예쁜 옷 등 아들인 남편이 해야 할 일들을 딸인 고모님께서 맡아서 해드렸다. 시부모님과 남매지간에 제일 큰 버팀목이 되어주시는 유일한 고모님이시다. 고모님께서는 두고두고 갚아도 다 못 갚을 만큼 큰 사랑을 주셨다. 이 글을 쓰다 보니 고모님의 사랑이 무한정 큰 것이었다는 걸 새삼 깨닫게 되었다.

고모님과 남편은 닮은 점이 참 많다. 얼굴도 판박이고, 성격도 똑같아 심심찮게 의견 대립으로 말다툼을 한다. 가장 사이가 좋으면서 말다툼을 하고 나면 서로 다시는 안 볼 듯이 서먹해진다. 그러다가도 언제 다툼이 있었냐는 듯 아무렇지도 않게 서로 또 마주보며 잘 어울린다. 이런 모습을 보며 '피는 물보다 진하다'는 말을 실감하게 된다. 위대한 남매라고 남편에게 놀림을 준다.

하나뿐인 남동생이다 보니 고모님은 남편에게 늘 여러모로 신경을 써주신다. 집안 대소사도 일일이 챙겨주시고, 친척분들에게 남편이 소홀히 할까 봐 걱정이 되셔서 내가 챙겨야 할 부분을 더 잘 아시고 조언을 해주신다. 특히나 남편의 건강 문제를 제일 걱정하신다. 술 많이 먹지 마라, 담배 피우지 마라, 많이 먹지 마라, 운동 열심히 해라 등등. 시어머님이 하실 당부의 말씀을 누나인 고모님이 더 많이 말씀하신다.

지구라는 별에서 또 하나의 별인 남편을 만남으로써 얻은 것이 너무나 많다는 것을 깨닫게 된다. 삼 형제 아이들을 얻었고, 시댁의 식구들과 친척분들 등, 살면서 알게 된 지인들 모두가 돌아보면 남편을 비롯해서 알게 된 인맥이었다. 나를 아는 사람은 많지가 않다. 하루 절반을 넘게 일터에서 살았으니 친구 하나도 제대로 만들어놓질 못했다. 일이 친구였고, 돌아서면 집안일이 친구였다.

반복되는 일상으로 다람쥐 쳇바퀴 돌듯이 살았다. 꿈틀대며 올라오는 내 안 저편의 꿈을 단절하며, 현실에 충만하기 위해 허둥대며 세월을 보냈다. 이제는 손가락 방아쇠 증후군, 손목 터널 증후군이라는 병명의 훈장을 받고, 무거운 물건도 제대로 들 수가 없어서 예전만큼 일도 많이 할 수가 없다. 이제부터라도 꿈을 찾아 나서는 길을 시작해야 할 것 같다. 더 늦어지면 찾아가기가 힘들어질 테니까.

철학자 얼 나이팅게일은 이렇게 말했다.

"꿈이 있는 사람은 성공한다. 어디로 가고 있는지 알기 때문이다."

그렇다. 꿈을 가지고 그 꿈을 이루기 위해 노력하는 사람은 성공하게 되어 있다. 그래서 성공한 사람들은 하나같이 "꿈을 가져라. 그리고 그 꿈을 이루기 위해 사력을 다하라."라고 충고하는 것이다. 꿈이 있는 사람은 강한 바람에도 흔들리지 않는다. 거센 바람이 부는 현실이 아닌, 머지않아 실현

될 미래를 바라보고 있기 때문이다. 그래서 아무리 강한 바람이 불어도 감내하며 꿈을 향해 나아갈 수 있는 것이다. 스스로 한계를 긋지 않는다면 우리에게 한계란 없다.

세계적인 동기부여가인 브라이언 트레이시의 말을 들어보자.

"당신은 운명의 건축가이고, 당신 운명의 주인이며, 당신 인생의 운전자이다. 당신이 할 수 있는 것, 가질 수 있는 것, 될 수 있는 것에 한계란 없다."

고모님의 나눔의 선물 보따리는 내 안에 있던 내 꿈을 일으켜 세워주셨다. 베풀고 살아가는 선행의 사람이 될 것이라던 작은 꿈의 소망이었다. 생각을 행동으로 실천하는 길만이 남아 있을 것이다. 무엇인가를 이루기 위해서는 자신을 뛰어넘어야 한다. 작은 미련이라도 남겨두고, 내 안에서 답을 찾아야 자신의 행복한 인생을 맞이할 수 있다.

나의 진짜 인생은 지금부터다. 상상하면 현실이 된다고 한다. 인생에 너무 늦었거나, 혹은 너무 이른 나이는 없다. 늦었다고 생각하지 말고 지금 바로 무언가를 시작해야 한다. 오늘이 내 인생에서 가장 빠른 시간이다. 내면의 진정한 나를 찾기 위한 시작은 나이가 아니라 행동에 달려 있는 것이다.

06

하루 13시간 일하며 네 부자 키우기

식당 문을 나서자마자 걸음을 재촉해 마트로 향했다. 오후 10시 식당일을 마치고 마트에 오면 마감 시간이 임박해 세일하는 생활필수품을 살 수 있었다. 사흘이 멀다 하고 먹거리를 사와야 했다. 마감시간이 임박해 배달도 되질 않아 배낭가방에 한가득 넣어 메고, 양손에 들고 완전 짐꾼의 모습으로 짐을 온몸에 싣고 집으로 온다.

남자가 넷인 식단에는 밥상에 빠지지 않는 육류와 물기가 거의 없는 밑

반찬, 생선, 가공식품, 햄, 소시지, 베이컨 등등과 없으면 안 되는 깔끔한 국물의 국이 있어야 했다. 한 달에 식비가 보통 가정보다 2배는 더 들어가는 큰살림이다. 밖에 나가 일하지 않고 집안일만 해도 하루가 모자랄 지경이다. 그러나 남편의 월급만 가지고는 삼 형제 아이들을 키우기에 벅찼다. 맞벌이를 해야 조금씩 저축도 할 수 있었다. 네 부자의 하루의 생활 패턴이 제각각이다 보니, 늦은 밤일을 마치고 돌아와서 밥도 챙겨줘야 하고, 쌓여 있는 빨래감, 싱크대에 가득 담긴 설거지가 날 놓아주질 않았다.

다른 사람은 하루 24시간을 쓰면 난 이틀 치의 48시간만큼 일을 했다. 이런 날이 언제쯤이면 날 놔줄 것인지, 나만의 자유를 느낄 시간은 없는 건지, 하루를 마무리하고 새벽 1시~2시가 되어야 잠자리에 들면서 묻곤 한다. 물 먹은 솜뭉치가 되어 하루를 접는다. 알람이 울린다. 오전 6시 30분, 제대로 떠지지 않는 눈으로 하루를 살기 위해 일어난다. 남편의 건강식품, 끓인 음료를 챙겨주고, 저녁밥까지 먹을 준비와 집 안 청소를 하고 출근을 한다.

같이 일하는 동료는 남자아이들에게 집안일을 가르쳐주고, 직접 하게 하라고 한다. 혼자서 힘들게 다 하고 나중에 몸이 아프면 아무 소용없다고 나에게 질책을 한다. 잘못 가르치고 있다는 말이다. 그래야 하는데 하루 종일 엄마의 손길 없이 지내는 것이 안쓰러워 감히 집안일을 시킬 수가 없었다.

하루 절반을 넘는 시간 동안 식당에서 온갖 궂은일을 하며 보냈다. 파전을 굽다 발등에 기름이 떨어져 화상을 입고 다리를 절뚝거리면서도 일을 해야 했고, 국수를 삶다가 끓는 물이 튀어서 손발에 화상 흉터를 남기고, 무를 강판에 밀어내다가 새끼손가락 살점이 떨어져나가는 많은 아픔들을 겪어야 했다. 고생이 반복되는 현실이었지만, 가족이 건강하고 네 부자의 울타리가 든든한 버팀목이 되어주었다. 힘겨운 날들 속에서도 저축도 불려갔고, 미래에 대한 밝은 희망을 볼 수 있었다.

남편도 회사 일과 집안일을 병행하며 바쁘고 힘겨워도 묵묵히 견디며, 아이들까지 돌보며 잘 보내고 있어서 힘들다는 말도 미안해서 할 수가 없었다. 좀 더 현명했더라면 가족 모두를 가난하게 살게 하지는 않았을 것을 지혜롭지 못한 선택이 가족 모두에게 고난의 삶을 안겨주었다.

정길순의 저서 『꿈은 나의 인생이 되었다』에서 말한다.

"사람들은 성공을 향해 오늘도 달린다. 그 열정과 인내를 멈추지만 않고 달려가다 보면 성공한다. 때론 견디기 어려운 장애물을 만나기도 한다. 그럴 때마다 언제 그 성공의 파랑새가 내 손 안에 들어올지 낙심하기도 한다. 하지만 멈추지 않는 인내심만 가져도 성공의 거리는 좁혀진다. 인생의 목표를 향해 시작한 나의 인생 릴레이는 험하기만 했다. 인생을 성공적으로 살아보고자 했지만 내 뜻대로 해낼 수 있는 것이 없었다. 다만 '할 수 없다'는 상황을 뚫고 나가는 나의 인내와 자신감 하나로 줄곧 달려왔다. 열정을 갖고 한다면 못할 게 없다는 불도저 같은 의지로 밀어붙여야만 했다."

완벽하고, 당당하고, 인내심이 강해야 네 부자와 더불어 살 수 있었다. 그런 나로 살기 위해 처절한 자신과의 싸움을 해야 했다. 지쳐서 약한 모습을 보일까 봐 가면을 쓰고 행동하고 표현을 하기도 했다. 명절이 되면 자가용에 다섯 식구의 생필품과 시댁에 들고 갈 물품들을 차 안에 가득 쌓아야 했다.

남편은 5남매 중 차남으로 위로 형님 한 분이 계셨는데 불의의 사고로 형님을 잃고 외동아들이 되었다. 시부모님께 우리 집 네 부자는 세상에서 제일 큰 보물이었다.

경상남도 진주시에 계시는 시부모님을 뵈러 갈 때면 소규모의 이삿짐만큼 짐을 싣고 가야 했다. 그 많은 짐을 준비하는 것도 내 손으로 해야 했고, 짐을 싸는 모든 일이 내 손을 거쳐야 했다. 들고, 나르고, 싣는 일은 든든한 네 부자의 몫이었다. 시댁에서의 집안일 또한 전부 내 차지였다. 하루의 끼니 때는 어찌 그리도 빨리 다가오는지 아침 먹고 돌아서면 점심 준비를 해야 했다. 동동거리며 시댁에 머무르다 돌아오면 나는 이미 소금에 절여놓은 배추 같은 몸이 되곤 했다.

간혹 사람들은 말한다. 남자아이를 키우는 엄마는 깡패가 되어야 한다고. 아마도 경험에서 묻어나온 말일 것이다. 그런데 나는 깡패 근처에도 못 가본 사람 같다고 한다.

"그래요. 깡패 엄마처럼 살지 못해서 많이 힘들었지요."

힘이 들고 고단한 날들이지만 네 부자가 주는 듬직함은 세상 부러울 것이 없을 만큼 가장 큰 보물단지다. 지금 이 글을 쓰고 있는 나는 우리 집 네 부자를 위해서 노트북의 키보드를 치고 있다. 살아온 경험이 특별하지는 않지만, 살아갈 날이 많은 삼 형제 아이들이 지혜롭게 살길 바라는 마음으로 지나온 날들의 흔적을 추억 삼아 한 줄 한 줄 옮겨 적는다. 엄마로서 남겨주는 책 한 권 안에 엄마인 나를 선물해주기 위한 글이다. 가슴 가득 안겨줄 수 있는 나의 품안의 글이 되길 바라는 마음이다.

사람은 누구나 무한한 잠재력을 가지고 있다. 잠들었던 잠재력이 깨어나면 기적이 일어날 것이다. 나는 나의 잠재의식을 믿는다. 상상하고 있는 모습대로 삼 형제 아이들에게 존경받는 엄마로, 성공한 엄마인 나를 만들어갈 것이다.

"슬럼프를 겪어보지 못한 사람은 이미 심장이 멈추었다."라는 말이 있을 정도로 어려움에 도전하면 몸과 정신은 그만큼 단련된다. 자신의 영역에서 할 수 있는 것을 발견하고, 최선을 다해서 성공하는 사람들이 있다. 이들의 모습에서 동기 부여를 받는다. 내가 일어설 수 있게 힘이 되어준 것은 역시 무엇이든지 할 수 있다는 자신감이었다.

어릴 적 부모님께서도 경험 없는 잘못된 판단으로 가난을 맞이해야 했고, 자식에게까지 가난의 고통이 대물림되었다. 그리고 내 삶 역시 가난이란 환경에서 허우적거리고 있었다. 가난의 아픔들을 잊어버린 줄 알았는데 책을 쓰기 위해 머릿속을 헤아려보니, 저 뒤편 한 자락에 한 움큼의 아픈 기억으로 고스란히 존재하고 있었다.

놀랍게도 지난날의 생활 패턴에 모든 것을 쌓아놓고 있었다. 이제는 이 글 위에 옮겨놓음으로써 아픈 기억에서 벗어나길 바라는 마음이다. 내 이름의 책을 쓰고 싶다던 '꿈'이 많은 세월이 흐른 뒤에 일깨워졌고, 늦지 않았다고 스스로 용기와 힘을 내어 자신 있게 글을 쓴다.

다람쥐 쳇바퀴 돌 듯이 주어진 현실에서 탈바꿈하기 위해서는 단단한 각오와 자신과의 투쟁이 필요하다. 이대로 현실에 묻혀 네 부자의 돌보미가 될 것인지, 자신을 개발하여 발전해나갈 것인지는 나에게 달려 있다. 내 자신의 개발은 그 누구도 나 대신 해주지 않는다. 현실에 얽매이지 않고 뚫고 나아가야 한다. 하루, 이틀 미루기만 한다면 훗날 후회하는 삶을 살아왔다고 자신을 미워하게 될 것이다.

늦었다고 할 때가 빠른 시점이다. 현실에 안주하려는 내 안에 또 다른 나를 밀어붙이고, 의식을 확장하여 상상하는 성공한 내 모습을 거울에 담아 놓고, 상상 속으로 달려간다. 육체적인 노동으로 상대방의 돈벌이의 노예로는 더 이상 품을 팔고 싶지 않다. 내 인생을 위한 길이 곧 네 부자를 위한 길이라고 믿는다.

07

가사 도우미가 된 남편

성공해서 부자가 되면 나 대신 집안일을 맡아서 해줄 가사 도우미를 두고 집안일을 신경 안 쓰고 내가 좋아하는 일만 하면 좋겠다고 소원했지만, 좋아하는 일이 아닌 살기 위해 하는 일을 해야 하는 일벌레가 되었다.

비워놓을 수밖에 없었던 세 아이들의 엄마 자리는 남편의 차지였다. 오전 10시부터 오후 10시까지 일을 하고, 나 혼자 힘으로 집안일을 한다고 해도 감당하기가 역부족이었다. 남편은 퇴근길에 어린이집에서 아이들을 데려와 씻기고, 옷 입히고, 저녁밥을 먹이고, 설거지, 청소 등 내가 할 일을 다 하며 아이들을 키웠다. 주말이나 휴일일 때는 학교 운동장에서 아이들과 축구도 하고 야구도 하며, 남편은 아이들에게 체육 선생님이 되어주었고, 엄마도 되어주었고, 만능의 역할을 하는 가사 도우미 아빠로 변신했다. 그러다 지친 날에는 배달음식을 시켜 끼니를 때우곤 했다.

남편과 나는 서로에게 감사하며 치열하도록 열심히 살았다. 신용회복위원회의 도움으로 분할해서 갚아나가니 빚도 줄어들고 있었다. 빚을 갚기 위해 식당일을 시작한 것이 15년이 지나도록 벗어나지 못하고 일을 해야 했다. 가진 것이 없는 데다 빚까지 져서 갚아야 했으니 돈을 벌지 않으면 생활을 할 수가 없었다. 거기다 삼 형제 아이들을 키워야 하는 현실은 맞벌이를 하지 않고는 어려운 실정이었다. 그때의 힘든 삶을 뒤돌아보면 남편의 모습이 안쓰럽고 가슴 아프다. 아이들에게도 엄마의 손길이 가장 필요할 때 많은 시간을 보살펴주지 못해서 아픔으로 남아 있다.

밤늦게 일하고 돌아와 집안일까지 하는 내게 미안해서 남편은 설거지 그릇 하나라도 안 남기고 씻어놓곤 했다. 요즘도 남편은 아이들이 밖에 나가면 수시로 확인 전화를 한다. 저녁은 먹었느냐, 몇 시에 집에 올 거냐 등등 엄마인 나보다 세심하게 챙긴다. 가사 도우미 아빠 자리가 몸에 밴 탓인가 보다.

어려움 속에서도 남편의 자리, 아빠의 자리를 잘 지켜준 남편이 있었기에 아이들 또한 반듯한 성품으로 잘 자라주었다. 남편에게 고맙고, 감사하고, 삼 형제 아이들에게도 고맙고 감사하다고 말하고 싶다. 젊은 날의 시련이 있었기에 감당할 수 있었다. 좋은 날 가족 모두가 모이면 이야기꽃이 만발한다. 서로 자신의 이야기를 먼저 들어주길 바라며 행복한 웃음꽃이 핀다.

전혀 알지도 못했던 남편을 만나 가정이라는 울타리를 이루고, 아이들까지 선물로 주신 하나님의 축복이 내 인생의 주춧돌이 되었다. 하루하루가 전쟁을 하기 위해 싸움터로 나가는 병사의 모습으로 살아야 했다. 스스로 삶을 이렇게 살아야 하는 것으로 착각하며 보내온 것 같다. 어린아이들을 떼어놓고 빚을 갚기 위해 시작했던 식당일이 하루 종일 걷는 일이다 보니 늦은 밤 잠자리에 들면 발바닥이 불이 난 듯 후끈거려 물파스로 도배를 하고 잠을 청해야 했고, 자다가 다리에 쥐가 내리면 몸이 굳어져 움직일 수가 없었다. 남편에게 물어본다. 언제까지 힘든 일을 해야 하는 것이냐고. 남편은 아무런 답을 주지 않았다.

가벼운 판단으로 대출을 받아 시작했던 일이 결국은 파산으로 이어져 벗을 수 없는 빚더미를 안게 되었다. 남편은 남편대로 아이들을 거두고 집안일까지 감당하느라 힘겨워도 누구의 탓이라 말 한마디 못 하고 하루하루를 버텨내고 있었다.

빚을 지고 산다는 것은 스스로를 옭아매는 사슬인 것 같다. 구체적으로 확실하게 갚아나갈 수 있는 터전이 준비되어 있지 않는 한 빚의 문턱을 두드려서는 안 된다. 갚을 능력이 없으면 온 가족에게 빚의 그물을 씌워주는 격이 되고 만다. "젊어서 고생은 사서도 한다."라는 속담이 있다. 그러나 빚쟁이의 젊은 날의 고생은 가족의 희망마저도 사그라뜨린다.

초등학생인 아들이 선생님이 내준 숙제라면서 미래의 꿈에 대해서 써오라고 했단다. "엄마는 꿈이 뭐야?"라고 묻는다. 내 꿈은 무엇이었을까? 꿈을 가지고 있었던 적이 언제였는지 새삼 돌아보게 한다.

부모님을 떠나 부산에 올 때 부모님은 생판 가보지도 않고, 아는 사람도 없는 곳으로 돈을 벌러 간다고 한사코 말리셨다. 그도 그럴 것이 충청도 토박이로 순진한 딸이 경상도 부산으로 돈을 벌러 간다고 하니 안 말릴 부모가 어디 있겠는가?

"돈 많이 벌어서 돌아올게요." 하며 부모님 곁을 떠나 왔었다. 충청도 청주시라는 소도시보다 큰 부산에 와서 돈을 많이 벌어 부모님께 효도해야겠다고 부자가 되는 큰 꿈을 가지고 있었다. 가지고 있던 꿈조차 잊어버리고 흘려버린 기억을 아이의 질문이 일깨워준다.

2006년 〈포브스〉 선정 중국 부자 랭킹 1위에 오른 태양 전지 업체 썬택의 스정룽 회장, 그에게 한 기자가 "중국 최고 부자인 당신에게 부의 의미는 무엇인가?"라고 물었다. 그러자 그는 이렇게 말했다.

"돈은 일하는 과정에서 저절로 생기는 부산물이다. 지혜와 근면의 보답이다. 나는 젊은 사람들에게 '돈을 쫓아가지 말라'고 충고한다. 자신의 수입이 얼마인지 따지는 시간에 어떻게 하면 창조적이고 혁신으로 나아갈 수 있을지를 생각하라고 말한다."

나는 여태껏 생계유지를 하기 위해 살다 보니 미래의 희망과 꿈은 멀리 있다고 생각했다. 좀 더 지혜롭게 생각했더라면 내가 좋아하는 자신의 일을 하면서 성공하는 방법을 찾아서 살아야 했다.

한 달에 받는 월급의 노예로 사는 삶은 부자가 되고자 했던 꿈과는 너무 먼 거리에 있었다. 지금 인생의 길을 헤매고 있는 사람이라면 그 방향을 찾는 길을 자기계발서부터 시작해보는 것은 어떨까?

일만 했던 젊은 날의 시간들이 다시 돌아올 수 있다면, 자신 있게 나를 개발하고 발전해갈 수 있는 길로 부를 이루고 성공할 것이다. 왜 내 속에 있는 나를 제쳐놓고 먼 길을 돌아왔는지…. 무지했던 나의 미련함이었다. 가족의 굴레에 맞추어 일벌레로 살면서 남편의 가사 도움으로 온전히 자란 가정은 이루었지만, 젊음을 바쳤고 많은 세월을 지난 나이테의 탑이 내게 남았다.

08

행복을 가져다준 아픔

알랭 드 보통은 이렇게 말했다고 한다.

"아기보다 가전제품이 더 상세한 설명서와 함께 온다."

저녁 장사 준비로 한정식을 하는 주방일이 한창 바쁠 때 전화벨이 울린다. 주인의 눈치가 보여 받질 않고 있는데 계속 신호음이 울린다. 뭔가 불길한 예감이 들어 전화를 받았다. 낯선 여자의 목소리였다. 큰아들의 이름을 대며 “어머니신가요?” 물었다. 불안감이 엄습했다.

“예, 맞아요. 누구신가요? 무슨 일인가요?”

큰아들이 오토바이로 상대방의 차를 뒤에서 들이박는 사고가 났다는 것이다. 아무 말도 들리지 않았다. 아들을 바꾸어줄 수 있냐고 하니 아들의 목소리가 들린다. 그 순간 살아 있으니 다행이라고 생각했다. 119에 실려 병원으로 간다고 한다.

삼 형제 아들을 가진 나는 심장이 멎는 것 같은 일을 자주 겪는다. 성장을 위한 과정의 하나인지 첫째와 둘째 아들은 고등학교 시절부터 아르바이트를 해서 번 돈으로 남편과 내가 알지 못하게 오토바이를 사서 으스대며 타고 다녔다.

주인의 눈치를 볼 겨를도 없이 앞치마를 입은 채로 병원에 갔다. 응급실에 누워 있는 아들의 모습은 온몸에 상처투성이로 피가 흐르고, 의사들은 아들의 주변에서 바쁘게 움직이고 있었다. 인생의 한 페이지에 고비를 넘기는 아들을 보게 되었다. 입원을 시켜놓고 병원 앞 구석에서 얼마나 울었는지 모른다. 살아 있어줘서 감사의 눈물이 흘렀고, 가슴이 시려워서 눈물이 났다.

첫째, 둘째 아들이 으스대며 질주하는 오토바이로 사고를 내도 엄마인 나는 남편이 알까 봐 조용히 혼자서 해결하곤 했다. 남편이 알면 아이들과 관계가 안 좋아질까 봐 알릴 수가 없었다. 피해를 입은 차 주인과 보험회사 사람들을 내가 일하는 식당으로 오게 하여 피해 금액을 갚아주었다.

그 이후로 미성년자 신분인 아들의 오토바이 사고로 경찰서와 법원을 내 집 넘나들 듯 오갔다. 첫째와 둘째 아들은 연년생이 되다 보니 이런저런 일도 많이 겪었다. 경찰서에 가서 아이들의 이름을 대면 이런 소리도 종종 듣곤 했다.

"이번에는 어느 아들의 문제로 오셨습니까?"

이때에는 돈을 모을 수가 없었다. 통장에 현금을 1,000만 원 가까이 넣어 다녔다.

둘째 아들은 사거리에서 유턴을 하는 택시와 부딪혀 달리는 속도로 인해 오토바이는 도로에서 박살이 나고, 짧은 순간에도 살아야겠다는 생각에 몸이 붕 떠서 차도 위에 떨어지자 엉금엉금 기어서 인도 위로 올라왔다고 한다. 차도에서 인도로 나오지 않았더라면 목숨을 잃었을 것이다. 사고의 충격으로 온몸에 부상을 입고 대사증후군까지 앓게 되어 죽을 만큼 아픔을 겪어야만 했다.

끔찍한 사고로 내 가슴은 시커멓게 타들어갔다. 큰 사고를 당했음에도 크게 부상을 입지 않고 살아준 것에 너무나 감사했다. 하나님의 축복이 있었기에 인도 위로 아들을 옮겨놓으셨던 것이라 믿는다.

둘째 아들은 오토바이를 타면서 당한 사고가 무서웠는지 큰 사고 이후로 오토바이를 타지 않았다. 아이들도 엄마인 내가 안쓰러웠는지 점점 안정되어가고 있었다.

정재찬의 저서 『우리가 인생이라 부르는 것들』에서는 이렇게 말한다.

“우리가 할 일은 뱃속에서 태어날 때와 마찬가지로 온전히 기다려주는 일뿐입니다. 그 시기를 잘 넘겨 우리 아이들이 백조로 성장할 수 있도록 참고 기다려야 하는 겁니다. 모든 말 접고 딱 이 한마디 자식의 편에서 자식을 믿으며 어렵게, 그러나 간절히 건네보는 겁니다. 너의 삶을 살라고.”

나는 빈번하게 저지르는 사건 사고에 크게 질책하지는 않았다. 아이들의 몸이 다칠까 염려하는 마음을 전해줬고, 반듯하게 자라주길 믿는다고, 사랑하기 때문이라고 말해줬다.

늦은 밤 일을 마치고 돌아와 집 안을 정리하고 잠자리에 들자마자 인근 지구대에서 연락이 왔다. 둘째 아들이 폭행 사고를 냈다고 와주셔야 한다고 한다. 밤새 사고처리를 하고 뜬 눈으로 일을 하러 갔다. 주위 분들은 “속도 좋다.”라고 하시며 아들바라기 엄마라고 놀린다. 혼자서 도맡아 삼 형제 아이들을 감당한다고 말이다. 왕성한 청춘 시기에 에너지가 넘쳐서 쏟아내는 불발탄과도 같은 모습이라 잘못 건드리면 돌이킬 수 없는 모습이 될까 봐 모든 것을 참고 견디며 징검다리를 건듯이 시간을 보냈다.

뒷바라지를 하면서 꿋꿋하게 내 자리를 지키는 모습을 보고 아이들도 변해갔다. 학교생활도 열심히 하고, 자기계발에도 눈을 뜨기 시작했다. 주말이면 남편과 삼 형제 아이들은 당구장에서 내기 당구도 치고, 맛있는 음식도 먹고 행복함을 느낄 수 있었다. 이 행복 또한 아픈 만큼 성숙했기 때문에 얻어진 축복이라고 믿는다. 남편 모르게 아이들의 오토바이 교통사고 등을 나 혼자 힘으로 감당했음에도 남편은 표현을 안 했을 뿐 알게 모르게 다 알고 있었다. 그렇게 가족의 화합과 화목을 이룰 수 있었다.

나폴레온 힐은 "생각에 신념이 더해지면 그것이 잠재의식에 전해져서 현실로 드러나는 명확성과 속도가 엄청 높아진다."라고 말했다. 신념의 힘으로 생긴 속도가 너무 빨라서 많은 사람이 기적이라고 믿는 일이 생긴다는 것이다. 비록 어려운 현실 속에서 살고 있지만 신념의 믿음으로 좋은 날이 함께 한다는 확신을 가지고 아이들에게 웃음을, 행복을, 사랑을 가득 담아 건강하게 자라주길 소망한다.

힘든 날의 연속이었지만 희망의 끈을 놓지 않고 살았다. 삼 형제 아이들이 자신들의 자리에서 책임을 다하며 바르게 성장해주는 것이 최고의 행복이며, 사랑으로 내 안에 온전히 채워져 있었다.

내가 스스로 평가해서 어제보다 나은 하루를 살았고, 거기에 만족할 수 있다면 그날 하루는 어제보다 나은 하루다. 그 하루 덕분에 오늘의 나는 어제의 나보다 조금 더 진화한 것이다. 성장으로 인한 만족감은 그 어떤 여유보다 행복하고, 행복은 고난을 이기는 에너지를 만든다. 가족이라는 명칭에 사랑이라는 돛을 달고, 거친 풍랑이 휘몰아쳐 위기를 맞더라도 파도 타기하듯 넘노라면 한 고비 한 고비 지나 풍랑도 이내 멈추게 되어 있다.

09

고난이 오면 축복도 온다

첫째 아들이 초등학교 입학을 하게 되었다. 학교에 간다는 기대감에 잔뜩 부풀어 미소를 흠뻑 머금은 모습으로 학교 운동장에서 입학식이 거행되었다. 조그마한 가슴에 작은 손을 얹고 애국가를 부른다. 학부모 관람석에서 바라보는 아이의 모습은 너무나 대견스러워 기쁨에 가슴이 벅차올랐다. 어려운 환경 속에서 잘 자라주어 초등학교 입학을 하는 아이는 이미 다 큰 것 같은 느낌을 주었다. 이제부터 시작인데 내 마음속에는 벌써 저만큼 컸구나 하는 생각에 감동을 안겨주는 입학식이 되었다.

이날 나는 밤에 잠을 자다가 벌떡 일어나 앉아서 가슴에 손을 얹고 애국가 1절을 다 부르고 다시 누워 잠을 잤다고 한다. 이튿날 아침에 남편과 아이들이 "엄마가 자다 말고 일어나 앉아서 애국가 1절을 부르고 다시 자더라."라고 말하면서 우습기도 하고 무서웠다고 한다. 아마도 감동을 준 입학식에서 애국가를 마음껏 불러보지 못해서 잠을 자는 무의식 중에 불렀던 것 같다. 한밤중에 일어난 에피소드로 남아 있다.

이때부터 삼 형제 아이들은 태권도를 배우기 시작했다. 남자아이들이라서 에너지가 왕성해 에너지를 발산하는 데 태권도가 잘 맞아 아이들도 즐거워하며 배우고 있었다. 첫째 아들은 5학년 때 태권도 시합 고학년부에 참가해 1위로 부산시 금정구 구청장 상으로 금메달을 받았다. 믿음직하고 자랑스러웠다. 가족 모두가 경기를 관람하고 축하를 해주고 외식으로 맛있는 음식을 먹으며 기쁨을 나누었다. 얼마 지나지 않아 둘째 아들도 태권도 시합 고학년부에 참가해 1위로 부산시 금정구 구청장 상으로 첫째 아들과 똑같은 금메달을 받았다. 이렇게 아이들은 씩씩하게 자라서 기쁨과 행복을 선물해주었다. 삼 형제가 다 같이 다니는 태권도장에서 삼 형제 아이들은 최고의 큰 꽃으로 태권도장을 대표하는 아이들로 자리매김했다.

남편에게 더 없이 자랑스러운 삼 형제 아이들이었다. 어린아이들을 돌보고 회사 일과 집안일을 병행하면서 힘들었던 날들이 순간에 사라져버린 듯이 행복해했다. 태권도 시범 경기 대회가 수시로 열릴 때마다 삼 형제 아이들과 일정을 맞추어가며 아이들에게 대회 나갈 준비와 옆에서 지켜주는 일 모두가 남편의 뒷바라지였다. 어린 시절을 항상 아빠와 같이 보냈던 아이들은 중학생, 고등학생이 되어서도 친구처럼 가까이 어울린다.

큰아들이 6학년을 맞이하면서 반의 반장으로 뽑혔다. 둘째 아들도 5학년 반의 반장이 되었다. 연년생인 첫째와 둘째는 서로에게 질세라 경쟁이라도 하듯 똑같이 따라 했다. 하루 절반의 시간을 식당에서 일을 하면서 6학년, 5학년 두 아들의 반장 엄마로 학교생활에 맞추어가는 일은 벅찬 일이었다. 반장의 대표 엄마 자리도 두 아들에게 다 해줄 수가 없어서 둘째 아들의 반장 대표 엄마 자리는 임원 엄마들에게 대신 맡아달라고 부탁을 해야 했다. 일하면서 힘이 들어도 아이들이 주는 대견하고 자랑스러운 성장의 모습에 힘든 것도 잊어버리곤 했다. 몇 사람의 몫을 나 한 사람으로 해내면서도 기쁨을 주었다.

그러던 어느 날이었다. 네 부자가 저녁까지 먹을 음식을 준비하고, 집 안 청소를 하고, 출근하기 위해 바쁘게 움직이는데 첫째 아들의 중학교 선생님께서 전화를 주셨다. 첫째 아들이 학생들과 패싸움을 했다고 학교에 오셔야 한다고 하신다. 마음이 급했다. 일하는 곳에 좀 늦게 간다고 얘기를 해 놓고 부랴부랴 학교로 갔다.

첫째 아들은 중학교에 올라가자 서클을 만들어 다른 서클의 아이들과 선두 역할을 가지기 위해 힘으로 밀어붙이기 싸움을 벌인 것이다. 태권도를 배운 탓인지 주먹으로 치는 힘이 크다 보니 종종 싸움에 리더 역할을 하는 싸움꾼 같은 아이였다. 패싸움을 벌인 학생들의 학부모가 20여 명 가까이 되었다.

첫째 아들이 중학생일 때는 학교 폭력과 왕따를 당하는 아이들이 많을 때라 학생이 폭력을 쓴다는 것에 대한 문제점을 사회에서 심각하게 받아들여서 단절시키기 위해 큰 문제로 대두되고 있었다. 맞은 학생 부모가 억울해서 때린 학생 부모보다 큰소리로 난리를 치셨다. 아무런 할 말이 없었다. 잘못 가르쳐서 죄송하다고 정학만은 면하게 해달라고 빌어야 했다.

중학교에 입학한 초기에는 수시로 학교에 불려가야 했다. 쌍둥이 같은 첫째 아들과 둘째 아들은 둘이서 번갈아 문제를 일으켜서 엄마인 나는 중학교에서도 드센 남자아이를 둔 덕에 본의 아니게 유명세를 타야 했다.

아이들이 어릴 때 데리고 길을 가면 동네에 아는 분들은 부러워하면서도 걱정스러우신지 언제 다 키우겠냐고 말씀하셨다. 쌍둥이 같은 첫째 아들, 둘째 아들, 등에 업고 있는 막내아들까지 남자아이가 세 명이나 되니 키우는 게 힘들겠다고 하시는 말씀이셨다.

명절에 다섯 식구가 시댁에 갔을 때 친척 어르신이 우리 형편을 아시고, 능력도 없으면서 자식을 셋이나 낳았다고 한심스러운 듯이 말씀하셨다. 그 때의 그 말씀이 지금까지도 가슴에 맺혀 있다. 그 말씀을 듣고 정말 악착같이 살았다. 꼭 성공해서 보란 듯이 부자가 되는 모습을 보여주겠다고 마음먹고 열심히 살아야 했다.

미셸 몽테뉴는 인생에 대해 이렇게 말했다.

"날씨가 갑자기 안 좋아져서 사람들이 고민에 빠져 있을 때 '살아간다는 것'에 대해 생각하는 것은 시간 낭비다. 시원한 바람이 불고 따사로운 태양이 내리쬐는 날에도 나는 낭비하고 싶지 않다. 그저 좋은 날씨를 감상하며 행복한 시간을 즐기고 싶다. 힘든 날은 빨리 지나가게 내버려두고 좋은 날은 붙잡아 천천히 음미해야 한다. 우리의 인생은 자연이 내린 선물이며 그 무엇보다도 값지다. 만약 인생에 대한 중압감으로 공허한 하루를 보내고 있다면 모두 자기 스스로 초래한 결과다."

'매일 똑같은 하늘과 구름, 매일 똑같은 산과 바다, 매일 똑같은 인생이지만 저마다 의미를 가진다.'

살다 보면 열심히 노력하고 좋은 결과를 얻지 못할 때가 많다. 구름이 흩어졌다가 뭉치고 꽃이 피었다가 지는 모습 또한 인생의 슬픔과 기쁨일 것이다. 시련을 한 번도 겪지 않은 사람이 큰 성공을 거두기는 힘들다는 이치와 같다. 좌절과 실패의 터널을 지나야 비로소 성공이라는 빛을 볼 수가 있다. 성공과 실패는 쌍둥이 형제처럼 붙어 다니기 때문에 모든 좌절 속에는 성공의 씨앗이 숨어 있다. 긍정적인 생각은 우리 인생에 큰 영향을 미친다. '고생 끝에 낙이 온다.'라는 말처럼 인생에 시련이 찾아와도 좌절하지 않고 긍정의 생각으로 잘 견디면 머지않아 달콤한 행복을 누릴 것이다.

굴곡진 사춘기 시절을 보내고 성인이 된 첫째 아들과 둘째 아들은 늠름한 군인이 되었다. 이렇게 성장할 동안 힘겹게 일만 하고, 나 자신을 돌아볼 여유와 여행이라는 단어는 내게는 바라볼 수 없는 사치였다. 두 아들이 군대에 입대하고 훈련소 생활 5주를 마치고 수료식에 참관하기 위해 나섰던 것이 여행을 가는 길이었다.

큰아들은 살고 있는 부산의 군부대에 입대를 해서 하루면 보고 올 수 있었다. 집하고 거리는 멀어도 같은 부산에 배치를 받아 마음이 놓였다. 둘째 아들은 경기도 양평시에 배치가 되어 내게 여행을 선물해주었다. 군에 입대하기 전 연약한 모습은 사라지고 씩씩하고 듬직한 모습을 보여주었다. 살아온 보람을 느꼈고 힘들었던 날들이 바람처럼 사라져버렸다.

2장

나에게 내일은 없을지도 모른다

01

해야 할 일은 지금 당장 해라

꼭 하고 싶은 일이 있었다. 매일 출근길을 걸어가면서 기도를 드렸다.

'언제까지 육체노동을 하는 삶의 길을 가야 하나요? 이제 그만 일 좀 안 하고 살 수 없나요? 노동으로 돈을 버는 만큼 노동을 하지 않고 돈을 벌게 해주세요.'

늘 '주세요', '주세요'를 반복하며 출퇴근길을 걸었다. 그러나 이미 모두 다 받았고 소원대로 이루었다는 확신의 기도를 드려야 했었다.

반복되는 일상에서 갈등을 느꼈다. 잠자리에 들면서 우연히 〈한책협〉 김도사 님의 유튜브를 보게 되었다. 처음 유튜브로 김도사 님의 말씀을 듣는데 잠이 달아나고 머릿속에 갑자기 환한 빛이 들어온 듯 훅 하고 잠재되어 있던 의식이 살아나는 느낌을 받았다. 그날 이후로 일을 마치고 돌아오면 김도사 님의 유튜브를 우선적으로 보았다. 김도사 님 말씀의 핵심은 "성공해서 책 쓰지 말고. 책을 써서 성공해라.", "사표 대신 책을 써라.", "자기계발로 자신을 창조해라. 잠재의식을 확장시켜라. 확신의 힘 상상의 힘을 키워라."라는 것이다.

예전에 나만의 시간적 여유가 생긴다면 꼭 책을 쓰고 싶었다. 가슴에 새겨둔 꿈의 한 자락이 펼쳐지고 있었다. 내 안에 있는 나를 일으켜 세우고 싶은 마음이 일어나기 시작했다. 지금 하지 않으면 앞으로 기회는 오지 않을 것 같았다. 2020년 2월에 유튜브를 보기 시작해 2월 한 달간을 현실에 주저앉아 있을 것인지, 나를 찾기 위해 도전을 할 것인지 갈등의 시간을 보냈다. 그러던 중 김도사 님의 저서 『내가 100억 부자가 된 7가지 비밀』을 읽고 새로운 길에 도전하는 데 용기를 내었다.

마음을 다잡고 〈한책협〉 문을 두드렸다. 코로나19로 전 세계가 떠들썩하고 마스크 대란이 일어나는 시국이었다. 사람과의 거리 두기, 단체 모임 절제, 외출 자제 등으로 심각한 사회 분위기였다. 3월 1일 책 쓰기 1일 특강 수업에 가고자 하니 가족 모두 위험하다며 발목을 잡았다. 부산에서 경기 성남시에 있는 〈한책협〉까지 먼 거리를 가야 하니 염려가 되어서 가지 않기를 바랐다. 혼자서는 한 번도 가보지 않은 곳을 간다고 하니 걱정이 될 수밖에 없었던 것이다. 나는 "위기는 기회다."라고 말하며 특강에 참여하리라 결심했다.

가야 하는 길이 걱정되어 밤새 뒤척이며 잠을 못 이루고, 새벽 4시 30분에 일어나 마침 일요일이라서 네 부자가 먹을 밥을 한 솥 가득 해놓고 조용히 집을 나섰다. 우등 고속버스 첫차 시간이 6시 30분이기 때문에 일찍 나서야 했다. 성남시에 도착해 지하철을 타고 분당에 있는 〈한책협〉 앞까지 가니 오전 11시가 지나 있었다. 특강 시간은 12시 30분부터인데 한 시간 넘게 시간이 남아 있었다. 초행길이라서 가는 길마다 사람들에게 물어가며 찾아온 나에게 감사했다. 가까운 스타벅스에서 안도의 숨을 쉬며 커피를 마시고 남편에게 잘 도착했다고 안부를 전했다.

한 시간 뒤 〈한책협〉에 입성했다. 코로나19로 수강생이 적을 줄 알았는데 의외로 1일 특강에 참여한 수강생분들이 많았다. 직접 와서 보니 〈한책협〉 김도사 님은 거인의 아우라를 가지고 계셨다. 유튜브와 책 속에서 느꼈던 모습과는 다른 최고의 책 쓰기 달인으로서 거대한 성공자의 모습을 보여 주셨다. 김도사 님만 믿고 실행하면 책을 써서 성공할 수 있겠다는 확신이 들었다.

책을 무척이나 좋아했지만 책이 있어도 책을 읽을 마음의 여유가 없어서 책을 읽어본 지도 까마득했고, 손편지 한 장도 제대로 적어본 지가 아득한 내가 김도사 님을 만난 후, 책 쓰기의 문을 열고 열심히 한 권의 책이 완성되는 정상을 향해 달려가고 있다. 50대 중반의 늦은 나이지만 나에겐 최고 빠르게 시작하는 나이이다.

김도사 님은 항상 용기를 낼 수 있도록 힘을 주시고, 누구나 책은 다 쓸 수 있다고 '쓰면 된다. 쓸 수 있다'는 격려의 말씀을 주셨다. "당신도 성공할 수 있습니다.", "당신도 부자가 될 수 있습니다."라는 말씀은 아주 강하게 와 닿았다. 김도사 님이 분명히 말씀하셨다. 책 쓰는 거 쉽다고, 생각하면 생각대로 다 쓸 수 있다고, 긍정과 확신에 찬 말씀을 하셨다. 글을 쓰다가 진전이 안 될 때에는 김도사 님의 말씀을 되새기며 힘을 얻고 쓰곤 한다.

김도사 님을 만나게 된 것이 내 인생 2막의 마지막 승부사의 길이다. 일만 하는 사람으로 노트북도 쓸 줄 모르고, 휴대폰에 많은 기능도 알지 못하는 내가 책을 쓰기 위해 어린 아기가 한 발, 한 발 걸음마를 하듯 노트북과 휴대폰 기능을 배워가며 글을 옮겨놓는다. 망설이고 실행하지 않으면 사는 대로 살다 가는 인생이 된다. 힘들고 시간이 없다고 못 한다면 살아온 내 인생에 고생으로 얼룩진 인생살이 표지판만 남게 될 것이다.

일을 해야 하고, 네 부자를 돌보아야 하는 집안 살림도 벅찬 현실이지만, 잠을 줄여가면서라도 내가 하고 싶고, 이루고 싶었던 꿈을 이루기 위해 〈한책협〉 최고의 스승이신 김도사 님의 제자로 이름을 남길 것이다. 네 부자의 적극적인 응원에 힘입어 더욱 할 수 있다고, 스스로에게 각인을 시키며 꿈꾸었던 작가의 정상을 향해 오르고 올라간다.

“어려서 배우면 커서 이루는 것이 있고, 커서 배우면 늙어도 쇠하지 않으며, 늙어서 배우면 죽어도 썩지 않는다.”

90세를 넘어서도 변함없이 현역으로 활동하고 있는 일본 작가 도야마 시게히코가 쓴 『자네 늙어봤나 나는 젊어봤네』에 나오는 내용이다. 이 글은 그가 직접 쓴 것이 아니고, 사토 잇사이라는 유학자가 『언지사록』이라는 수상록에서 남긴 말이라고 한다. 책에서 저자는 “늙어서 배우면 죽어서 썩지 않는다.”는 말이 멋지다고 서술하고 있다.

이는 우리에게도 많은 것을 시사한다. 보통 나이가 많으면 늙었다고 생각하고 더는 배우려 하지 않는다. 배움은 젊은이들의 특권이라 생각하기도 한다. 꿈도 마찬가지다. 나이가 많다고 늙은 것인가? 아니다. 꿈을 잃어버렸을 때, 배움을 계속하지 않을 때, 비로소 늙었다는 표현을 할 수가 있다.

실제 환갑을 지난 나이에도 꿈을 잃지 않고 자신만의 길을 꿋꿋하게 걸어간 이들은 많다. 40대에 스타 강사가 된 유수연, 70대에 시집 『치자꽃 향기』를 펴낸 진효임 할머니, 99세에 『약해지지 마』라는 시집을 펴내 세계적으로 100만 부 이상의 판매 기록을 세운 일본의 시바타 도요 할머니, 65세에 KFC를 창업한 커넬 할랜드 샌더스 등 수없이 많다. 나 역시 꿈을 찾은 뒤 그 꿈을 향해 나아가고 있다.

어느덧 시간이 흘러 내 나이 50대 중반이 되었다. 누군가는 늦었다고 말하지만, 나는 꿈을 꾸고 배우며 목표를 향해 달리고 있다. 남들이 하는 말처럼 꿈을 꾸며 무언가를 다시 시작하기에 늦었다고 생각하지 않는다.

물론 내 꿈이 이루어질지는 아무도 모른다. 하지만 미래를 확실하게 알 수 있다면 인생이 재미없지 않을까? 사람들은 목적지에만 집중하는 경향이 있다. 산을 오를 때도 정상만을 보고 올라간다. 꽃도 보고 나무도 보면서 가면 훨씬 더 즐겁게 정상에 도달할 수 있다. 올라가는 과정을 즐겨야 한다. 나는 지금 즐겁고 행복하다. 그리고 나는 이미 작가다.

혹시 지금 나이 핑계를 대며 자신의 꿈을 접어두고 있는가? 지나간 당신의 꿈을 아쉬워하며 후회하는 날이 올지도 모른다. 그러니 조금 늦어도 괜

잖다. 꿈 따라 행복 따라 자기만의 길을 찾아라. 그리고 가라. 당신만이 할 수 있는 꿈을, 일을 찾아야 한다. 지금 당신이 앉아 있는 그 자리가 언제까지 당신의 자리일 것 같은가? 언젠가는 누군가에게 내주어야 할 자리는 아닌지 생각해보라. 그리고 이렇게 외쳐라.

"꿈을 꾸고 배움을 곁에 두며 변화를 열망하기에 해야 할 일은 지금 당장 해라! 과거는 흘러갔다. 쓸데없는 것들은 비켜라! 나는 이제부터 해야 할 일을 지금 당장 해나갈 것이다. 모든 것의 답은 내 안에서 답을 찾아야 자신의 행복한 인생을 맞이할 수 있다는 것을 잊지 말아야 한다."

02

나에게
내일은 없을지도 모른다

인생에서 크든 작든 누구나 굴곡진 삶을 산다. 평탄한 삶을 살다가도 느닷없이 낭떠러지로 떨어질 때도 있고, 승리의 깃발을 꽂을 때도 있다. 삶은 이렇게 한 가지 방법으로 사는 것을 허락하지 않는다. 평범하고 행복한 삶은 살다가도 여러 가지 이유로 한 번의 절망적인 늪에 빠지기도 한다. 이럴 때 어떤 사람은 마냥 허우적거리다 포기하는가 하면, 어떤 사람은 절망적인 상황조차도 기회로 만들어버리는 역전의 명수가 된다.

화상 병원에 입원해 있는 내게 둘째 아들이 전화를 했다.

"엄마, 우리 집에 음식물 쓰레기 어떻게 버려야 돼요?"

나는 집 안에 음식물 버리는 용기와 스티커가 있는 곳을 알려주었다. 잠시 누워 있으니 또 전화벨이 울린다.

"엄마, 세탁기는 어떻게 시작해야 돼요?"

조목조목 시작하는 버튼을 알려주고, 세제 넣는 방법을 가르쳐주었다. 남자만 넷인 집안일을 모두 다 내 손으로 했으니 내가 없는 빈자리의 집안일은 의문투성이의 일이 되어버렸다. 화상으로 입원해 누워 있어도 마음 편히 누워 있을 수가 없었다.

식당일을 하면서 끓인 육수를 식히지 않고 들어 옮기다 바닥에 있는 바구니에 발이 걸려 넘어지면서 뜨거운 육수가 팔과 다리에 쏟아져 3도 화상을 입게 되었다. 육수를 식힌 후에 옮겨야 할 것을 손님이 많은 식당이다 보니 음식 조리 과정이 빠르게 진행되어야 하기 때문에 마음이 앞서서 일어난 사고였다. 아파서 병원에 입원해본 적은 없었다. 난생 처음 화상을 크게 입어 병원이라는 곳에 누워 있었다. 화상을 입은 팔과 다리에 고통은 견딜 수가 없을 만큼 아팠다. 넘어진 상태에서 수돗물을 쏟아 부으니 바로 허물이 벗겨지고 있었다.

병원에 가기까지 차 안에서의 고통은 죽으러 가는 듯한 아픔을 느끼게 했다. 매일 오전이면 붕대를 풀고 화상 부위에 붙인 얄팍한 거즈를 떼고 소독을 한다. 그때에 통증은 진통제를 먹고 무통 주사를 맞았음에도 불구하고, 살점을 칼로 저며 내는 듯한 이루 말할 수 없는 고통이었다. 옆에서 나를 보조해줄 사람도 없었다.

이런 와중에 집에서는 전기밥솥에 밥 한 번 안 해본 남편은 죽밥도 짓고, 삼층밥도 만들고, 네 부자 살림살이가 수난시대였다. 아이들이 고등학교, 중학교를 다닐 때라서 한 끼에 먹는 양으로 다른 집의 두세 배를준비해야 했다. 엄마의 자리가 얼마나 큰 자리이고 소중한지를 깨닫게 했다.

철부지 삼 형제는 학교 수업을 마치면 병원에 있는 내게로 왔다. 아이들은 엄마를 위로하러 왔다지만 난 병원에서도 마음 편히 쉴 수가 없었다. 엄마라는 울타리는 결코 무너져서는 안 된다. 내가 잘못되면 나 하나로 끝나는 것이 아니었다. 그 자리가 비어 있게 되면 가족의 인생 한 자락에 평생 지울 수 없는 상처를 남기는 것이다.

"시련이 많다는 건 운이 좋은 일이다. 나는 오뚜기 인생을 살아 왔다. 시련은 성장의 기회이고 행복은 성장의 대가다. 시련이 많다는 건 운이 좋은 일이다. 더 크게 성장할 수 있기 때문이다. 이 시련 또한 흘러간다. 기회는 언제나 있다."

야구선수 박찬호가 뉴욕 양키스 방출 직후 SNS에 올린 글이다. 인생을 살다 보면 크든 작든 시련은 누구에게나 찾아온다. 인생이란 시련을 통해 성장해 나갈 수 있는 발판이 된다.

4주 동안의 입원으로 자리를 비운 집 안은 구석구석 내 손을 기다리고 있었다. 냉장고 안의 반찬들도 버려야 했고, 먹다 남은 냄비 안의 이름을 알 수 없는 찌개 찌꺼기들, 빨래 더미, 네 부자가 버려놓은 쓰레기 등 손 쓸 곳이 널려 있었다.

화상 입은 다리가 완전히 낫지 않아 움직이기 힘든 다리로 집 안을 깨끗이 정리하고, 쌀을 씻어 밥을 준비하고, 된장찌개를 끓여서 저녁 밥상에 올렸다. 네 부자는 한 달여 동안 아내와 엄마의 음식을 먹지 못하다가 금방 지은 따뜻한 밥과 보글보글 끓는 된장찌개에 감동을 했다. 행복하고 웃음꽃이 활짝 핀 정겨운 사랑의 밥상이었다. 가족에게 나라는 존재가 크게 차지하고 있다는 것을 새삼 느낄 수 있었다. 한 달여 동안 몸 건강히 씩씩하게 잘 지내준 네 부자에게 감사함을 전했다.

삼 형제 아이들이 "엄마, 이제 일하러 가지 마세요."라고 말한다. "빨리 커서 돈 많이 벌어다 드릴 거니까 집에서 쉬세요."라고 말한다. 일하다가 다친 것이 마음 아파서 하는 말인 것 같다. 고맙다고, 빨리 커서 돈 벌면 용돈 많이 달라고 우스갯소리를 했다. 가슴이 아려온다. 엄마 손이 그리워서, 하루에 절반을 떨어져서 일하는 엄마가 안쓰러웠는가 보다.

가족 안에서 내일 내가 없다면 어떻게 해야 할까? 세월은 말없이 흘러갈 것이고, 남편과 삼 형제 아이들도 처음에는 힘들어도 나름대로 각자의 삶 속에서 최선을 다하며 살 것이다.

다만 나 자신만이 허망할 뿐일 것이다. 50이 넘은 삶을 살아오는 동안 나란 사람을 기억해주는 사람은 몇이나 될까? 기억이나 해줄 만큼 기억에 남을 나로 살아왔을까? 생각해봐도 받아들여지지가 않을 것 같다. 누구나 인생의 마지막에 섰을 때 후회하는 것들이 있다. 이를 가장 잘 표현한 책이 호주의 호스피스 간호사 브로니 웨어가 자신의 경험을 바탕으로 쓴 『내가 원하는 삶을 살았더라면 – 생의 마지막 순간에 남긴 값진 교훈 죽을 때 가장 후회하는 5가지』가 아닐까 한다.

첫째, 다른 사람이 아닌 내가 원하는 삶을 살았더라면

둘째, 내가 그렇게 열심히 일하지 않았더라면

셋째, 내 감정을 솔직하게 표현할 용기가 있었더라면

넷째, 친구들과 계속 연락하고 지냈더라면

다섯째, 나 자신에게 더 많은 행복을 허락했더라면

이제라도 알았으니 후회 없는 인생을 살아야 하지 않을까? 열심히 일만 하느라 놓쳐버린 시간 속에서 나 자신을 잃어버린 채 덩그러니 남아 있었다. 생의 목표로 여겼던 대부분의 가치가 마지막 순간에는 그 의미가 퇴색한다. 열심히 일해서 일구어놓은 것들을 정작 마지막에는 아무 것도 가져갈 수 없다.

빈손으로 왔다가 빈손으로 가는 것이라는 인생의 의미를 다시 한 번 느끼게 한다. 세상을 바꾸겠다고 꿈을 꾸고, 세계를 움직인 스티브 잡스는 55세에 죽었다. 그는 마지막에 "오우."라는 한마디를 남겼다고 한다. 어떻게 죽으면서 "오우." 하고 감탄사를 남겼을까? 대체 저 세상의 무엇을 보았기에 감탄을 한 것일까? 분명히 굉장한 것을 보지 않았을까? 나도 여한이 없이 하고 싶은 일을 하며 나머지 인생을 산다면 저 세상을 보고 감탄을 하지 않을까 생각해본다.

나에게 정말로 내일이 없다면 지금 당장 어떡하지? 뒤돌아볼 시간도 없이 주어진 오늘 이 시간 동안 무엇을 먼저 해야 할지 와닿지가 않을 것 같다.

남편과 아이들이 다 모인 상태에서 할 수 있는 한 대화를 나누고 담담한 마음으로 내일이면 비어 있을 내 자리를 세세히 일임해야 할 것 같다. 지난 날의 좋은 일만 생각하고, 내가 없더라도 당당하게 살기를 바란다. 육신이라는 나는 없어도 영혼으로 늘 같이 할 것을 믿는다. 먼지처럼 훌훌 털고 내 자리를 벗어날 수 있을까? 당장 내일 아침밥은 잘 먹고, 남편이나 아이들이 제각각의 생활을 잘할 수 있을까? 내일이면 내가 없을지도 모른다는데 오로지 가족 걱정뿐이다.

내일이 있는 삶으로 이어진다면 나를 위해서 나답게 살 것이다. 지금부터는 내가 되고자 하고, 이루고자 하는 모든 대상에 한계나 제한을 두지 않을 것이다.

03

아들아,
엄마처럼 살지 마

나에게도 사춘기가 있었을까? 사춘기라는 단어 자체도 모르고 보내온 시절이었다. 그 시절이 다시 돌아올 수 있다면 어떻게 해서라도 배움의 길을 가고 싶다. 가난한 집안 환경으로 배움의 길을 포기해야 했다. 좀 더 현명했더라면 돈을 벌면서라도 공부를 계속했을 것이다. 일을 하면서 야간 중·고등학교 과정으로 공부를 하다가 힘에 겨워 중단하고 말았다. 그러나 나이가 들수록 학업을 중단한 자신을 원망해야 했다. 배우려는 마음을 행동으로 실천했다면 얼마든지 배울 수 있었을 텐데, 공부할 시기를 놓치고 주어진 삶 속에서 살다 보니 마음속에 이루고 싶은 소망으로 남게 되었다. 체계적으로 삶의 계획을 세워 살았더라면 좀 더 나은 삶을 살지 않았을까?

이제는 자신이 진정으로 원하는 삶을 살고, 인생의 가치를 부여할 수 있는 삶을 살아야 한다. 아무런 계획이나 대처 없이 사는 대로 살아온 삶은 그냥 살아왔을 뿐 무의미에 결론을 남긴 삶이 되었다.

부모님과 함께 생활할 때도, 사회에 나와서도 가난한 환경으로 인해 세상을 보는 안목이 좁아서 빚을 졌고, 짧은 생각에 대출을 받아 시작했던 사업은 빚이 되어 오랜 세월 동안 힘들게 일하며 갚아야 했다. 어린 삼 형제 아이들을 떼어놓고, 일만 하는 엄마로 살았던 날들이 가장 큰 아픔을 남겨주었다. 아픈 기억에서 벗어나기 위해 삼 형제에게 일만 했던 엄마의 모습이 아닌 존경받는 엄마로 남기 위해 자신을 발전시켜나가야 한다.

이미 50대 중반을 넘어가고 있는 시점에서 나는 나의 길을 가려고 한다. 여태껏 가족의 테두리 안에서 머물렀던 나는 내가 하고 싶고 이루고자 했던 꿈을 향해 발돋움을 한다. 엄마인 내가 선두에 나서서 삼 형제 아이들에게 미래의 꿈을 향해 가라고 진두지휘를 할 것이다. 더 이상 미루고만 있다면 끝내는 사는 대로 살아가게 될 것이기 때문이다. 이제 와서 무슨 꿈을 찾느냐고 너무 늦었다고 생각한다면 앞으로의 인생은 아무것도 바뀌지 않는다.

책 읽기로 성공한 작가 마쓰모토 세이초는 47세에 등단했다. 스페인의 세르반테스는 소설 『돈키호테』의 1편을 57세에 썼고, 2편은 10년 후에 썼다. 일본의 시바타 도요 할머니는 99세에 아들의 권유로 『약해지지 마』라는 시집을 써서 수백만 부가 팔렸다. 미켈란젤로가 최후의 심판을 그린 나이는 70세라고 한다. '시작은 나이가 아니라 행동'이라는 말이 있다. 미래는 아직 오지 않았다. 과거는 어제의 오늘이었고, 미래는 다가올 내일이다. 오늘 지금 무언가를 하고 있다면 과거에도 미래에도 나는 무언가를 한 것이다.

'무언가를 시작하기에 언제가 좋을까? 너무 늦지 않았을까? 지금 해도 괜찮을까? 언젠가는 나도 무엇인가 이루지 않을까?'

『부의 추월차선』의 저자 엠제이 드마코는 여기에 일침을 가한다.

"언젠가는 절대 오지 않는다. 언젠가를 오늘로 만들어라."

그의 말과 같이 아직 오지 않은 언젠가를 마냥 기다리고 있으면 아무것도 할 수 없다. 늦었다고 생각하지 말고 지금 바로 무언가를 시작해야 한다. 오늘은 내 인생에서 가장 빠른 시간이며 가장 젊은 날임을 기억해야 한다.

50이 넘은 나이를 먹을 동안 책을 접하기는 쉽지 않았다. 책을 많이 읽었던 때는 첫째 아들을 임신하고 7개월이 될 때까지 식당을 운영했을 때이다. 1998년 IMF가 왔을 때 운영 적자로 인해 식당을 접고 분만을 대비하고 있을 때 책을 빌려주는 대여점을 통해 많은 책을 빌려서 보게 되었다. 그때에 읽은 책들은 드라마를 엮은 『야망의 계절』이나 추리 소설 등으로, 임신 후반기에 몸이 무거워 잠자기도 불편할 때여서 책을 읽으며 시간을 보내던 때였다.

〈한책협〉 김태광 구세주 김도사 님을 만난 이후 작가의 대열에 오르기 위해 글을 쓰려 하니 많은 책을 읽게 되었다. 이 글을 쓰고 있는 방에 수십 권의 책이 쌓여 있다. 예전에 책을 볼 때는 재미로 읽었고, 지금은 그때와 판이하게 다른 책을 쓰기 위해 책을 살펴 읽는 모습으로 바뀌었다.

늦은 나이에 책을 쓴다고 열심인 내 모습을 보고 삼 형제 아이들은 "엄마, 무리하시는 것 아니에요?" 하며 주저앉히려는 말을 한다. 나는 "너희를 위해 책을 쓴다."라며 삼 형제를 고생만 했던 엄마처럼 살지 않게 하기 위해 책을 쓴다고 말한다. 사는 대로 살지 말고 생각하는 대로 살아가주기를 바라는 마음에서다. 젊음은 지나고 나면 다시 오지 않는다. 나처럼 사는 대로 살면서 황금보다 더 값진 청춘 시절을 어영부영 취미 생활로 가치 없는 세월을 보내게 되면, 값진 미래는 멀리 달아날 것이기 때문이다.

"실패는 성공의 어머니다."라는 말이 있다. 실패를 겪어보지 않은 사람이 성공을 이루기는 쉽지 않기 때문에 나온 말이다. 내가 먼저 책을 써서 작가가 될 것이고, 삼 형제 아이들이 작가 엄마의 제자로 따라와주길 바라는 소망이 이미 다 이루어졌다는 믿음을 가진다. 멜츠 박사는 잠재의식은 진짜 경험과 상상 속의 경험을 구분하지 못한다고 하면서 심상화의 방법을 다음과 같이 제안했다.

"매일 일정한 시간을 정해 눈을 감고 자신의 목표에 대한 공상을 한다. 자신이 그 목표를 이미 이루었다고 상상한다. 자신이 이룬 목표가 어떤 느낌, 냄새, 모습인지 그려본다. 자신이 부정적인 생각에 잠겨 있는 것을 발견하면 즉시 생각을 중단하라고 명령한다. 그리고 그 우울한 이미지를 당신의 인생에서 진정으로 바라는 마음의 그림들로 대체한다."

성공한 사람들에게 특별한 비결이 있다면 바로 갖고 싶고 원하는 것을 마음속으로 그리며 심상화한다는 것이다. 하고 싶고, 갖고 싶은 것을 마음속으로 그려보고 그것을 바라본다.

남편은 유통업을 하는 회사에 다닌다. 유통업 일 자체가 육체적 노동을 대체하는 일이다 보니 삼 형제 아이들에게 공부 열심히 해서 아빠처럼 노동일을 하지 말고, 사무직에서 하는 일을 하라고 한다. 육체적 노동이 힘이 들어 편한 일을 하면서 살아야 한다는 말을 해준다. 내 생각은 다르다. 아이들이 제각각 하고 싶은 일, 자신에게 맞는 일, 자기계발을 해서 자신을 창조하는 삶, 기쁘고 만족스러운 삶을 살아가길 바란다. 스스로에게 자기 삶의 주인으로 살고, 세상 사람들이 만들어놓은 틀 속에 자신을 가두는 삶이 아닌, 창조자의 주인공으로 살아가라고 말한다.

나는 늙지 않기 위해서라도 글을 쓴다. 나이는 상관할 필요가 없다. 글을 쓰다 보면 두뇌를 회전시킨다. 많은 책을 읽고 쓰고, 젊었을 때 못 했던 공부를 책 쓰기로 하고 있다. 이런 내 모습을 보고 책 한 권도 읽지 않는 삼 형제 아이들에게 공부하는 엄마의 본보기를 보여주고, 책과 가까이 하기를 권한다. 바닷물이 수억 년이 흘러도 썩지 않는 것은 소금이 있기 때문이며, 흘러가는 강물이 썩지 않는 것은 쉬지 않고 변화하고 있기 때문이다.

나는 삼 형제 아이들을 둔 엄마다. 이 아이들이 미래에 자신이 원하는 대로 더 좋은 삶을 살고, 삶의 주인공으로서 어떤 일이든 스스로 책임지며, 자신의 삶을 발전시키고 변화시켜서 성공에 이르는 삶을 살아가길 바란다. 아빠나 엄마처럼 일만 하는 사람이 아닌 자신 있게 창조하는 사람으로 성공하는 사람이 되어줄 거라고 믿는다.

구세주 〈한책협〉 김도사 님은 많은 고생과 어려움 속에서도 책 쓰는 길만이 성공자의 길이라는 믿음 하나로 집필한 책이 무려 243권에 이르렀다.

그는 자산이 120억이 넘는 성공자다. 김도사 님 유튜브 채널에서 힘든 날을 보냈던 그의 경험담을 들으면 마음이 아파온다. 나의 스승이신 김도사 님의 말씀 한마디 한마디가 글을 쓸 수 있는 용기와 희망을 주신다. 삼 형제 아이들이 살아가는 미래는 엄마처럼 살지 않기를 바라며, 좋아하는 일을 하며 성공자의 삶을 살아갈 것이라 믿는다.

04

이제야 알 것 같다, 인생을

빨리 갈 수 있는 지름길을 놔두고 먼 길을 돌아 쓸데없는 발품을 팔고 지금 이 자리까지 왔다. 지름길로 갔더라면 쓸데없는 발품을 안 팔고도 짧은 시간에 목적지에 도착했을 것을 미련스럽게 바보처럼 걸어왔기 때문이다. 좀 더 일찍 삶의 방향을 내 속에 있는 나로 살아볼 것을, 내 속에 있는 나를 제쳐놓고 주어진 현실에서 사는 대로 살아온 나를 이제야 꺼내본다. 아마도 하나님은 지금이 나의 시간이라고 정해놓고 계셨나 보다. 한 숨 돌리고 내 길을 가라는 축복을 주신 것 같다. 내가 겪어온 인생이란 무엇이라고 말할 수 있을까?

가수 이미자 씨의 명곡 〈여자의 일생〉이 떠오른다.

"참을 수가 없도록 이 가슴이 아파도
여자이기 때문에 말 한마디 못하고
헤아릴 수 없는 설움 혼자 지닌 채
고달픈 인생길을 허덕이면서 아아
참아야 한다기에 눈물로 보냅니다 여자의 일생"

노랫말 안에 내 인생이 담겨 있는 듯하다. 인내해야 했고 참아야 했고, 고달프고, 눈물을 흘린 인생길이었다.

나의 어머니는 올해 95세이시다. 부산에서 사는 나는 충북 청주가 친정이다 보니 먼 거리 탓에 딸을 보고 싶어 찾는 어머니를 자주 찾아뵙지 못했다. 사는 게 바쁘다는 핑계로 어머니 몸을 빌려서 세상 구경을 하면서 자식을 보고 싶어 찾는 어머니의 청을 들어 드리지 못할 때가 많다. 살아 계실 때 자주 찾아뵈어야 하는데 마음만큼 현실이 따라주질 않는다. 부모가 된 자식이면서도 부모의 마음을 따라주지 못하는 딸이 되었다.

살아계실 때 효도하라는 말에 연세가 많으신 어머니를 한 번이라도 더 찾아뵈러 가야 한다는 다짐을 한다. 바쁘다고 시간이 없다는 것은 하나의 핑계 거리이다. 나 또한 자식을 둔 부모이면서 부모가 아닌 자식이기 때문이다. 자식은 나이가 들어 늙어도 부모에게는 어린 자식으로 여겨지길 바라는 마음이 있는 탓인 것 같다.

언제 지나간 세월인지 어느새 50대 중반에 와 있다. 참으로 빠르게 흘러간 시간이었다. 힘에 겨워 오르고 올라서 정상이 얼마 남지 않았는데 나를 잊고 오르고 있는 나를 보고 깜짝 놀라 정신을 차리고 내 길을 가려 한다. 아무것도 안 하다가 나도 어머니처럼 나이 많은 할머니로 남을까 봐 내 이름 석 자를 기억해주는 사람이 있기를 바라는 마음으로 이 글을 옮겨 적는다. 그냥 아무 표시 없이 육신의 세계를 떠난다는 것은 무의미하지 않는가! 지구별에 온 이상, 하고 싶고, 갖고 싶고, 원하는 모든 것을 이루어내리라는 결심을 한다.

경남 진주에 계시는 시어머님은 84세이시다. 키도 크고 짱짱하셨던 시어머니는 어느 날부터 허리가 굽어가고 있었다. 세월이 흐를수록 허리는 점차 굽어 펴지지 않는다. 이른 아침 6시가 되면 마을 회관 앞에 봉고차가 온다. 시어머님은 아침 일찍 일어나셔서 동이 트기 전에 봉고차를 타고 딸기, 고추 하우스로 일을 하러 가셨다. 오후 7시가 되어서 하우스 일을 마치면 봉고차로 돌아오시곤 했다. 하우스 안에서 엉덩이에 앉는 의자를 달고 딸기, 고추 등을 따시는 일을 하시다 보니 허리는 기역자로 굽고, 수없이 땄던 딸기나 고추 등으로 인해 손가락이 구부러졌던 것이다.

소규모 농사도 지으셨다. 마늘, 양파, 감자, 고추, 고구마, 옥수수, 벼농사 씨앗을 심어서 가꾸고, 거둬들이고…. 자식들에게 줄 수 있는 모든 것을 주기 위해 시어머님은 늘 바쁘게 움직이셔야 했다. 하우스에서나 동네에서 농사일로 번 돈을 한 푼 한 푼 모아놓으셨다가 자식이나 손자들에게 용돈하라고 하시며 주머니에 밀어넣어 주셨다. 당신 몸이 망가지는 것도 망각하시고, 오로지 자식 배를 채워주시기 위해 한평생을 보내셨다. 쌀 한 포대, 마늘 한 꾸러미라도 더 주시려고, 하우스 일을 다니시며 집안 농사일로 아프신 아버님의 몫까지 몇 배의 일을 하시며 고된 날들을 살아오셨다. 자식에게 힘들여 지으신 농산물을 주고 또 주어도 부족하다고 하시는 시어머님의 무한한 자식에 대한 사랑이었다.

사랑이 넘치는 시어머님은 이제는 굽은 허리로 인해 거동하기도 불편하고 몸도 쇠약해져서 당신 밥을 손수 해서 드시는 일도 힘들어 하셨다. 자식에게 한 평생을 희생하시고, 병든 몸이 되어서도 자식이 잘 되기만을 바라고, 자식이 전부라고 말씀하시는 어머님의 고귀하신 사랑에 감사드린다.

자식이 끝이 없는 부모님의 은혜를 어찌 다 갚아 드릴 수가 있을까? 평생을 갚아도 모자라는 숙제로 남는 것이 부모님의 은혜라는 생각이 든다. 모든 것을 자식에게 다 주고, 육신의 허울만 남아 영혼의 세계로 가실 때까지 자식 걱정을 하시는 끝없는 부모님의 숭고한 사랑에 보답하기 위해서라도 성공한 부자가 될 것이다. 부모님의 인생처럼 고생하고 자식만을 위해서 헌신하는 삶은 병든 몸만을 남기게 된다. 고생으로 얼룩진 삶은 부모님 세대로 막을 내려야만 한다.

삶이 변화하기를 바란다면 가장 먼저 지난 삶을 돌아보는 일부터 해야 한다. 그리고 현재를 들여다볼 줄 아는 안목도 있어야 한다. 미래를 내다보는 통찰력도 필요하다. 어제보다 조금 더 나은 삶, 오늘보다 또 조금 더 나은 내일을 살기 위해서는 마음속에 미래의 그림을 그릴 줄 알아야 한다.

지금까지의 나는 매일 똑같은 일상이 반복되는 상황에서 특별히 '이것이다.' 하고 내세울 만한 것이 없었다. 한마디로 현실에 안주하는 삶을 살았다. 이루고 싶은 꿈에 절박했던 적이 있었는지 다시 한 번 생각해본다. 지금의 중년까지 앞만 보고 달려왔다. 지나온 세월이 너무 허무하다. 그렇다고 보상받기를 원하지도 않는다.

"아직, 가장 빛나는 순간은 오지 않았다.
가장 뜨거운 순간은 아직 오지 않았다.
가장 행복한 순간은 아직 오지 않았다.
아직, 오지 않은 것은 너무나 많다."

이 문구는 마포대교 '생명의 다리'에 있는 자살 예방을 위한 위로의 문구였다. 얼마나 많은 사람이 이 글귀에 위안을 받아 새 삶을 찾았을까? 살아 있는 모든 것은 아름답다. 아직 오지 않은 미래가 있기 때문이며, 희망이 있고 더 나아질 것이라는 꿈이 있기 때문이다.

나의 어머니가 살아오신 길도 편안하지 않은 삶이었다. 어머니는 항상 돈 얘기를 많이 하신다. 건강한 몸이 있어야 돈도 따라오게 할 수 있다는 말씀이 아닌 돈이 있어야 건강과 행복도 이룰 수 있다는 말씀을 하신다. 맞는 말씀이다. 돈이 있어야 잘 먹고, 관리도 하고, 행복한 날들을 살 수 있으니 당연히 돈이 최고라고 하신다. 시어머님께서도 똑같은 말씀을 하신다.

부모님 세대는 무조건 돈이 우선이라고 확신을 하신다. 연세가 많이 드셨어도 돈이 있으면 최고라고 여기신다. 그러나 돈으로도 살 수 없는 생명이 있고 젊음도 있다. 돈을 들이면 조금은 생명을 연장시킬 수 있고, 젊음도 조금 얻을 수 있지만 돈이 아무리 많아도 꺼져가는 생명과 지나간 세월은 돌아오지 않는다. 이제야 알 것 같다, 인생을.

05

좀 더 일찍 나답게 살 것을

인생은 한 번 흘러가면 되돌릴 수 없다는 것을 알면서도 시간을 방치하듯 살 때가 많았다. 시간은 무한정 주어지지 않는다. 이 정해진 시간을 내 편으로 만들기 위해서 선택과 집중은 이제 선택이 아닌 필수다. 산다는 것은 선택들의 집합이며, 승패는 집중한 시간의 결과다.

미국의 100달러 지폐의 인물인 벤저민 프랭클린은 "당신은 지체할 수 있지만 시간은 지체할 수 없다."라는 말을 남겼다. 생전에 정부의 중요 인물은 아니었지만, 최초의 미국인이라는 칭호를 얻고 있다. 벤저민 프랭클린은 초등학교를 중퇴하고도 여러 방면에서 업적을 남긴 인물이다. 그가 가장 중요하게 생각한 것이 '시간'이다. 결심한 것은 바로 실천하는 행동력을 중요시하고 13가지 덕목을 만들어 지킨, 자기 관리에 철저한 사람이었다.

흘려버린 많은 세월은 되돌릴 수 없지만, 지금 이 시간부터 시간을 내 것으로 만들어보기로 작정한다. 더 이상 시간을 지체해서는 안 된다. 늦은 시간이지만 최고 빠른 시간이기 때문이다. 수십 권의 자기계발서를 읽고, 의식을 확장시키며, 나답게 살기 위해 내가 하고 싶은 일을 하고, 이루고 싶은 꿈을 향해 더 늦기 전에 도전하고 있다. 힘들다고 포기한다면 두 번 다시 나의 시간은 주어지지 않을 것이며, 기회 또한 오지 않을 것이다. 집안일도 줄이고 꼭 해야 할 부분만 하기로 했다. 일을 마치고 돌아와 TV 앞에 앉아서 2~3시간을 시청했던 TV도 보지 않기로 했다. 나만의 시간에 집중하고 책을 읽고, 책을 쓰는 일에 집중한다. 사람이 책을 쓰고, 사람이 책을 읽는다.

예전에는 책의 깊이를 크게 느껴보지 못했다. 그냥 책 속의 주인공에 심취해 전개되는 내용이 재미있었다. 그러던 내가 책을 쓰기 시작하면서 책 속의 글들이 어떻게 이어지며 끝맺음하는지 그 방법을 알아가며 책을 읽게 되었다. 그래도 부족함이 많아 언덕을 올라가듯 힘을 내어 쓰고 또 쓴다. 좀 더 일찍 나답게 살았더라면 쉽게 갈 수도 있었을 텐데 이제야 내 꿈을 이루고자 길을 나서본다. 이제서라도 이렇게 글을 쓰고 있는 나에게 힘찬 응원을 한다. 정말 선택을 잘했다고, 행동으로 실천해나가는 나 자신이 고맙고 대단하다고 칭찬을 보낸다. 현실에 만족하며 안이한 생각으로 안주하며 살다가 새로운 길을 가는 길은 처음 접해보는 일이라 순간순간 고비가 찾아온다.

마음도 나태해지려 하기도 한다. 이럴 때마다 나는 자신에게 난 이미 베스트셀러 작가가 되었다, 하나님과 함께 전국 강연을 다니는 작가가 되었다고 말한다. 시작이 있으면 끝도 있다. 하고자 했던 일을 해서 후회하는 일은 없었다. 무슨 일이든지 주어지면 완벽하게 해내고 마는 책임감이 강하다. 인내심도 어느 누구보다 강하다. 한다면 한다. 하나님은 내 능력을 알고 계시고, 내가 해야 하고, 할 수 있으니 내게 일을 주신다. 나는 이 세상에서 최고의 신이신 하나님과 같이 한다. 내가 가는 길에 방해란 없다. 하나님께서 이끌어주시고 잡은 손을 놓지 않으신다. 지혜를 열어주실 것이고, 가는 길에 동반자가 되어주시는 하나님이 곁에 있어 그 무엇도 두려워하지 않는다. 꿈을 향해 열심히 달려가기만 하면 된다.

내 삶의 주인은 바로 나 자신이다. 나이가 많다고 포기하는 사람들이 너무나 많다. 늦었다고 생각해서는 안 된다. 만약 늦었다고 말하는 사람이 있다면 나에게는 아직 남은 인생이 많다고 당당하게 말해야 한다. 다른 사람의 의견을 따라 내 삶을 사는 것은 인생을 낭비하는 일이기 때문이다. 〈벤자민 버튼의 시간은 거꾸로 간다〉라는 영화에서 이런 대사가 나온다. "인생에 너무 늦었거나, 혹은 너무 이른 나이는 없다." 인생을 다시 시작하기에 지금이 가장 빠르다. 김난도 작가는 저서 『아프니까 청춘이다』에서 "당신은 삶에 지쳐 허우적대고 있습니까? 지금, 내가 시도하려는 일이 너무 늦었다고 생각하십니까? 당신은 결코, 늦지 않았습니다."라고 말한다.

나는 삼 형제를 키웠다. 늦은 나이에 어렵게 얻은 아이들은 성장해서 군대를 다녀오고 사회인이 되기 위해 나름대로 성향에 맞추어 준비하는 과정에 있다. 막내아들은 고등학교 3학년에 재학 중이다. 예전처럼 아이들에게 내 손이 많이 가지 않아도 된다. 내 시간을 가질 수 있는 가장 알맞은 기회가 찾아온 것이다. 아직 네 부자를 뒷받침하는 일이 필요한 때이기도 하지만, 내 손이 꼭 필요한 부분을 제외하고 각자 스스로 알아서 생활해갈 것이다. 네 부자의 테두리 안에서 벗어나지 않는다면 내가 원하는 삶은 다가오지 않기 때문이다. 내가 이룬 성공이 곧 가족의 성공이라고 믿는다. 엄마이고 아내여서 언제까지나 살림만 하고, 일만 하는 사람으로 산다는 것은 나를 버리고 사는 삶이 되는 것이다.

이제부터 시작이다. 시작이 반이라는 말이 있다. 고로 벌써 나는 내 꿈을 향해 중간 지점까지 왔다는 것이다. 이제는 두 번 다시 지나왔던 길로 되돌아가지 않을 것이다. 나는 이미 유명한 베스트셀러 작가가 되어 또 다른 책을 쓰기 위해 분발하고 있다고 자신에게 최면을 걸어놓는다. '당신이 작가면 나도 작가다. 나는 천재 작가다.'라고 주입을 시킨다. 책을 쓸 수 있는 동기부여가 된 〈한책협〉의 김도사 님의 제자는 무려 1,000명이 넘는다. 지금 이 시간에도 작가의 대열에 서 있는 예비 작가분들이 직장을 다니면서 시간을 내어 열심히 책을 쓰고 있다.

책을 출간하는 작가들이 비일비재하다. 선의의 경쟁 대열에서 선두로 나오기 위해 치열하게 책을 쓰고 있다. 이미 책이 완성되어 작가로 성공한 분들도, 연이어 책을 쓰는 분들도 허다하다. 많은 사람들이 책을 쓰는 데 나라고 책을 쓰지 못할 일은 없지 않은가. 아니다. 나는 더 잘 써서 유명한 베스트셀러 작가로 성공할 것이라고 확신한다. 삼 형제 아이들에게 엄마가 남겨준 가장 큰 선물이 될 것이고, 삼 형제 아이들은 엄마의 제자로 엄마인 나보다 더 유명한 베스트셀러 작가의 길을 만들어줄 것이다. 생각만 해도 나는 지금 여왕이 된 듯하다. 삼 형제 유명한 작가를 둔 엄마. 너무나 황홀하지 않은가. 이 꿈을 이루기 위해 더 열심히 지혜를 열어 답을 찾아서 한 땀 한 땀 수를 놓아 멋진 왕관을 얻을 것이다. 나에게 씌워주는 최고의 선물을 준비할 것이다.

남편과 삼 형제 아이들은 엄마는 책 쓰는 작가님이니까 밥도 하지 말고, 집 안 청소도 하지 말라고 용기 반, 놀림 반의 말을 한다. 나는 책을 쓰는 작가 엄마니까 책만 쓰는 일만 하게 해달라며 애교 섞인 위트의 말을 건넨다. 집안일도 안 하고, 네 부자의 식사 준비도 안 하고, 오직 책만 썼으면 좋을 것 같다고 웃으며 말한다. 남편은 투정부리듯이 작가 아내로 인해 먹는 게 부실하다며 어리광을 부린다. 작가가 되기 위해 책을 쓴다는 나에게 네 부자가 호응해주고, 응원해주며 집안일이 소홀해도 마다하지 않고 받아들여 주는 덕분에 힘을 얻어 용기가 생겨나고, 더 잘 써야겠다는 마음을 갖게 한다.

〈한책협〉 김도사 님을 일일 특강에서 처음 뵈었을 때 김도사 님의 부의 상징인 굵고 긴 금목걸이와 양 손의 커다란 금반지를 보고, '나도 성공해서 부자가 되면 남편과 삼 형제 아이들에게 금목걸이와 커다란 금반지를 선물해줘야지.' 하고 마음속에 새겨두었다. 투정부리는 남편에게 김도사 님의 영상을 보여주며 작가로 성공해서 금목걸이와 금반지를 선물해주겠다고 말하니 좋아라 하며 빨리 써서 해달라고 말한다. 좀 더 일찍 나답게 살았더라면 모든 선물을 이미 다 해주지 않았을까?

06

나는 왜
후회 없는 삶을 살아왔을까?

가족의 건강을 지켜주심에 감사합니다. 코로나19 덕분에 온가족이 다 같이 모여 식사를 할 수 있게 하심을 감사합니다. 책 쓰기에 발전해가는 나에게 감사합니다. 가족의 응원에 감사합니다. 지혜로운 영혼을 주셔서 감사합니다. 책을 쓰고 작가가 되게 하심을 감사합니다. 베스트셀러 작가로 이루게 하심을 감사합니다. 언제나 풍요로운 양식을 주셔서 감사합니다. 최고의 스승을 만나게 해주셔서 감사합니다.

나의 일상생활은 언제나 감사함으로 이어진다. 아침에 잠에서 깨어 "상쾌한 공기를 주심에 감사합니다."로 하루 시작의 문을 연다. 힘들 때나 즐거울 때나 언제나 감사함을 잊지 않는다. 내 삶의 전부가 감사하기 때문이다.

남편은 자신이 걸어다니는 종합병원이라고 말한다. 하루에 많은 종류의 약을 먹는다. 단 하루도 아프지 않다는 말을 해본 적이 없을 정도로 늘 몸 여기저기가 아프다는 말을 한다. 다니는 병원도 여러 곳이다. 이비인후과, 안과, 정형외과, 내과, 한의원 등을 반복하며 병원을 출퇴근하다시피 한다. 병원에서 진료하고 받아온 약도 모자라 몸에 이롭다는 건강식품 등 건강에 좋다고 하는 약이나 식품을 항상 챙겨 먹는다. 너무 약에 의지하다 보니 습관이 되어 으레 먹어야 한다고 생각하고 먹는 것 같다.

삼 형제 아이들과 나는 걱정을 하면서도 늘 그냥 아파하는 것이라고 생각을 하게 한다. 그 이유는 종합검진을 받아도 아무런 이상이 없었기 때문이다. 목이 아프고 배가 아프다는 말을 달고 살아서 위 내시경과 대장 내시경 검진을 받았다. 검진 결과는 걱정했던 것과는 다르게 위나 대장에 용종 하나도 없이 깨끗하다는 검진 결과를 받았다.

아이들과 나는 남편을 꾸짖었다. 아무 이상이 없는데 왜 그리도 아프다 하고 수십 가지 약을 먹느냐고, 제발 엄살 좀 부리지 말라고 말한다. 그렇게 남편은 가족에게 걱정거리도 아닌 일을 걱정을 하게 하고, 신경을 쓰게 하고, 표현 못 하는 스트레스를 받게 한다. 물론 건강한 몸을 확인했으니 얼마나 감사한 일인가. 가정의 대장인 남편이 건강함에 감사하다.

남자가 넷인 우리 집은 잠자는 시간이나 식사시간이 제각각이다. 삼 형제 아이들은 청년기를 보내느라 밤늦게까지 PC방에서 게임을 즐기고, 밤에 야시장을 누비듯이 돌아다니다 늦은 밤이 돼서야 집에 오곤 한다. 다섯 식구가 한 자리에 다 같이 모여 식사를 하는 일은 서로의 생활 리듬이 맞지 않아서 드물었다. 내가 직장을 안 나가고 집에 있으면 하루에 밥상을 다섯 식구 숫자보다 더 많이 차려줘야 했다.

아이들이 한참 예민한 시기여서 푸념 섞인 말 한마디도 하지 못했다. 다 같이 안 먹고 밥상을 차리고, 또 차리게 한다고 하면 아마도 말 떨어지기가 무섭게 안 먹을 거라고 할 것을 알기 때문에 속에 있는 나를 감춰놓고, 좋은 말로 밥상을 차려주고 먹으라고 권한다. 왜 그래야 했을까? 엄마니까, 자식의 배를 채워줘야 하기 때문이었다.

코로나19로 불필요한 외출과 PC방 이용, 영화 관람도 자제를 해야 하는 사회적 거리 두기가 시행되어 외출이 적어지자, 따로국밥처럼 따로 따로 밥을 먹는 시간이 제각각이었던 네 부자의 식사시간이 통일되어 한 자리에 모여서 먹을 수 있게 되었다. 다섯 식구가 한자리에 모여서 식사를 하고 서로의 이야기 거리로 웃음꽃이 핀다.

사람이 살면서 행복은 먼 곳에 있는 것이 아니라는 것을 느낀다. 가족이 다 같이 모여 밥상 하나에 둘러 앉아 서로의 이야기를 들어주기를 바라며 대화를 주고받고 웃으면서 서로를 바라보는 이 작은 행복이 나에게는 커다란 행복을 주었다.

삼 형제 아이들을 키워 오면서 나를 내려놓고 살아왔다. 첫째, 둘째 아들이 고등학교 시절 오토바이를 타고 다니면서 번갈아 타기라도 하듯이 번갈아 교통사고를 냈다. 심장이 멎는 것 같았던 사고 통보에 아들 몸이 큰 부상을 입지 않은 것에 감사해서 크게 탓하지를 않았다.

마음속에서는 큰소리로 야단도 치고 싶었고, 붙들고 오토바이를 타면 안 된다고 애원하고 싶었다. 그러나 두 아들에게 화를 낸다고 해서 바로 얌전한 아이가 되기는 쉽지 않을 것 같아서 좋은 말로 위험하니까 오토바이는 타지 않았으면 좋겠다고 몸이 다칠까 봐 걱정된다고 말해주었다.

아들은 큰 교통사고를 당한 이후 충격을 입어서인지 오토바이를 타지 않았다. 기다림이 말해주었다. 집 근처 길에서 오토바이 소리만 나도 깜짝 놀라서 뛰어나가보고, 아이들에게 전화로 확인을 하고, 많은 시간 동안 오토바이 소리에 촉각이 곤두섰다. 참고 인내하고 기다림의 시간이 지나서 두 아들은 제각각 본분에 충실하게 임하는 아들이 되어주었다.

식당에서 일을 하면서도 내가 하고 싶은 대로 일을 할 수가 없었다. 내 방식과는 다르게 주인의 성향에 맞추어 일을 해야 했다. 내가 주인이 아니니 내가 하고자 하는 일이 옳은 방향이어도, 주인이 원하는 대로, 시키는 대로 해야 뒤탈이 없었다. 반기를 들고 싶어도 들 수가 없었다. 주인에게 돈을 벌어주고, 돈을 벌어준 대가로 임금을 받아야 하니 주인에게 맞추어 일을 해야 했다.

15년이라는 세월 절반을 식당일을 하는 데 보냈다. 긴 세월 동안 일한 결과로 사람에 대한 공부를 많이 했다. 상대방의 눈빛만 봐도 무슨 말을 하고 있는지 알 것 같고, 흘리는 말 한마디에도 어떤 마음으로 하는 말인지 느낄 수 있었다. 내 속에서 반문하는 말은 접어놓고, 심중에도 없는 말을 하며 일을 할 때도 있었다. 그대로인 나로 살아온 것은 얼마나 될까? 가족이나 형제 지인들과의 만남에서도 진정한 나로 상대하지 않았던 날도 많았다. 내면에 내가 아닌 보이는 나로 포장을 하고, 가면 없는 가면을 쓰고 살아온 것 같다.

이제는 상대방에게 나를 맞추어가며 살지는 않을 것이다. 내가 나를 존중해야 상대방도 나를 존중해준다. 사람으로 인해서 받은 서운했던 일은 잊어버려야 한다. 내게 상처를 준 사람도 잊어야 한다. 상대방은 그 일을 기억조차 못하는 경우가 허다하다. 다만 내 가슴속에 상처가 남아 있을 뿐이다. 이 세상은 사람들과 함께 살아간다. 네 부자가 곁에 있으니 얼마나 행복한가. 네 부자는 말하지 않아도 나를 알까? 나를 알아주지 않아도 괜찮다. 같이 있어주어서 고맙고 감사하다. 책을 쓰기 위해 노력하는 나에게 용기를 주어서 더 많이 사랑한다.

후회 없는 삶을 살아오느라 나를 돌아보지 못했다. 책을 쓰기 위해 글을 옮기다 보니 무너지지 않으려고 애쓰면서 살아온 나를 발견하게 되었다. 완벽하지 않으면서도 완벽하려 했고, 책임지고 싶지 않아도 책임을 져야 했다. 집에서나 사회생활에서 주도권은 내가 아닌 상대방이 움직이는 대로 따라갔다. 그랬던 나를 바로 세우고, 내 인생 주인공으로 당당하게 미래에 성공자인 내 모습을 향해 달려갈 것이다.

나에게 주어진 삶 속에서 어긋나지 않고 살기 위해 많은 것을 잃고 살았다. 하고 싶지 않은 일도 꾹꾹 참으며 해내야 했고, 가고 싶지 않은 길도 걸어가야 했다. 그런 날들이 있었기에 지금에서라도 자신이 가고자 했던 길을 갈 수 있게 되었다고 말해주고 싶다.

그 누구도 방해를 하거나 붙잡지도 않는다. 모든 것은 내가 선택하고 나로서 실행하면 된다. 간단한 이치를 놓치고 살아왔을 뿐이다. 내 인생은 내 것이고, 인생의 주인공은 바로 나인 것이다. 어느 누구도 내 인생을 대신해서 살아줄 사람은 아무도 없다. 스스로 자신을 높여서 만들어야 하는 것이다.

네빌 고다드는 목표를 상실하고 어긋난 삶을 사는 것을 죄라고 한다. 자신의 이상이나 목적과 동일시하면서 자신이 이미 이루어진 모습을 결말의 관점에서 생각하라고 한다.

07

젊은 날이 다시 온다면

정말로 내게 젊은 날이 다시 찾아온다면 나는 자신 있게 내 삶을 멋지고 풍요롭게 살기 위해 최선을 다하며 살 것이다.

친구도 많이 만들어놓을 것이다. 공부했던 시간이 짧고, 일찍 부모님을 떠나 부산으로 온 나에게는 학창 시절에 사귄 친구도 드물고, 진실한 친구는 손꼽을 정도로 만들어놓질 못했다. 일을 하면서 만나게 된 동료는 거의 다 서로의 경쟁자였다.

못 해본 공부에 연연하지 않도록 공부도 실컷 해보고 싶다. 내 자신을 높이고, 성공자들의 대열에 서서 성공자가 될 것이고, 100억대의 부자로 그 무엇도 부족함 없이 풍요롭고 행복한 인생을 꼭 살 것이다.

"나는 할 수 있어."

"나는 강해."

"나는 부유해."

"나는 건강해."

"나는 행복해."

"나는 정복하는 존재야."

상상은 오직 자신만의 것이라는 사실을 명심해야 한다. 하고 싶은 것, 갖고 싶은 것, 이루고 싶은 것, 베풀고 사는 것을 모두 다 이루며 살 것이다. 가고 싶은 크루즈 여행을 적어도 3개월에 한 번씩 갈 것이며, 유럽여행 아니 전 세계 가보고 싶은 곳을 다 가보고, 갖고 싶은 것을 모두 다 갖고 말 것이다. 스위스 '파텍 필립'의 362억짜리 손목시계를 살 것이며, 가족이 원하는 모든 것을 다 갖추어줄 것이다. 부자들의 대열에 합류하여 부자의 삶을 살 것이며, 부를 창출하는 창조자가 될 것이다.

한 살이라도 젊었을 때 책을 쓰고, 1인 창업가의 메신저가 되어 도움이 필요한 사람에게 도움을 주고, 많은 사람들에게 부자가 되는 길을 전파해 줄 것이다. 그리고 삼 형제 아이들을 작가로 키워 기업의 창업자로 승승장구할 수 있도록 밀어줄 것이다. 늦은 나이에 시작한 책 쓰기보다 좀 더 일찍 젊은 날에 책을 써서 1인 창업가로 성공하는 삶을 살도록 길을 열어줄 것이다. 그 길만이 미래에 성공을 보장할 수 있는 길이라고 생각하기 때문이다. 사는 대로 사는 삶이 아닌 생각하는 대로 삶을 살아가길 바라는 마음이다. 바로 앞에 보이는 대로 살아왔다. 미래에 내 삶을 젊은 날에 바라보고 생각했더라면 지금쯤은 아무 걱정 없이 평안하고 풍요롭고 부유한 생활로 즐겁고 더 많이 행복하게 살고 있었을 것을, 다시는 오지 않을 젊음을 다 보내고 이제야 시작하는 길을 가고 있다.

후회해도 소용없을 때는 지금부터 시작이라고 자신에게 용기와 힘을 내도록 응원을 한다. 늦었다고 할 때가 또한 가장 빠른 길이다. 오르막을 오르고 오르다 보면 정상에 다 다른다. 누구나 산을 올라가는 길은 힘이 든다.

노력 없이 얻어지는 성공은 없기 때문이다.

젊음이란 가장 중요한 시기이다. 인생의 설계도 구축은 젊은 날에 세워야 한다. 살아갈 미래를 보장되게 만드는 최고의 좋은 조건이 갖춰진 시간이다. 미래의 삶을 생각해보지 않고 젊음을 소비해버린다면 앞서서 성공한 사람을 따라가는 길은 몇 배의 시간을 쫓아가야 하기 때문이다. 많은 세월을 살아온 뒤에 터득하게 되었다. 나이가 들어서 성공을 이루기란 젊었을 때의 몇 배의 힘을 들여야 하고, 이룬 성공을 이끌어가는 길 또한 엄청난 노력의 대가가 따른다.

젊은이들에게 말하고 싶다. 젊은 시절을 즐기는 일로 허비하지 말고, 자신의 성공한 미래의 모습을 바라보고, 성공을 이루기 위해 발판을 만들어 한 살이라도 빨리 성공자의 길을 가길 바란다. 젊은 시절이 항상 있는 것이 아니다. 시간은 쉬지 않고 흐르기 때문이다. 눈 깜빡할 사이에 30대가 되고, 40대, 50대, 60대로 흘러간다. 뒤돌아보면 돌아갈 수 없는 젊은 시절은 자신도 모르는 사이에 지나가버리는 것이 인생길이다.

어린 시절에 언니를 잃고, 오빠와 여동생 1남 2녀 중에 장녀가 됐다. 오빠는 충북 청주에 살고 계시고, 여동생은 서울에 살고, 나는 부산에 살고 있다. 많지도 않은 형제가 뚝뚝 떨어져 살고 있다. 보고 싶고, 만나고 싶어도 서로가 사는 삶이 바쁘다 보니 찾아가기도, 찾아오기도 쉽지 않은 일이다. 오빠가 어머니를 모시고 함께 생활하시는 덕에 어머니 걱정을 조금은 덜 할 수 있었다.

서울에 사는 여동생은 나이가 들어 갈수록 왕래가 쉽지 않은 거리에 있는 내게 가까이 있으면 좋을 것 같다고 한다. 전화로 서로 간에 안부를 물으면 옆에 있지 못해서 그리움이 묻어 나오는 말을 한다. 손잡고 등산도 가고, 여행도 즐기고, 맛있는 음식도 나눠 먹고, 많은 이야기도 자주 나눌 수 있게 가까운 거리에 있으면 얼마나 좋겠냐고 말한다.

20대 초반에 부모님 곁을 떠나 부산으로 오게 되었다. 그 이후 하나뿐인 여동생과 젊은 시절에 이별하게 되었다. 각자의 주어진 삶 속에서 최선을 다하며 살다 보니 세월은 아무런 말 한마디 없이 흘러서 젊은 시절을 지나 있었다. 젊었을 땐 사는 게 바빠서 오빠와 여동생을 돌아볼 시간도 없었다.

가슴속에 그리움만 쌓이고 있었다. 자신만의 삶의 길을 택했던 나 자신을 원망하게 되었다. 여동생을 돌아볼 줄 알았다면 서울과 부산으로 떨어져 살지 않았을지도 모른다. 한 살 한 살 나이가 들어갈수록 후회하는 나를 본다.

여동생과 안부전화를 할 때마다 이야기를 한다. 가보고 싶은 곳으로 같이 여행도 다니고, 하고 싶은 것, 유명한 맛집에 가서 맛있는 음식도 먹고, 젊은 날 못 해준 것을 다 해주고 싶다. 여동생도 고생을 많이 하며 살아왔다. 하나 있는 언니라는 사람도 멀리 떨어져 있고, 의지할 곳 없는 넓은 서울 한복판에서 삶의 터전을 이루느라 젊음을 다 바치며 살았었다. 예쁜 옷 한 벌 사주지 못했던 동생에게 예쁜 명품 옷, 명품 핸드백, 명품 신발 등등 동생이 갖고 싶은 것을 다 해줄 것이다.

내 인생은 내가 창조한다. 위대한 나를 어찌 사랑하지 않을 수 있을까. 내 삶의 주인으로 살고 위대한 창조자인 자신을 사랑한다. 내 꿈을 향해가는 과정 또한 아름답다. 가슴속에 새겨뒀던 꿈을 펼쳐내며 가고 있는 길이 늦었다고 해서 실망하고 포기하지 않는다. 한다면 한다. 간절히 원하면 이루어진다.

사랑하는 부모님, 오빠와 동생, 나의 가족에게 나 한 사람은 꼭 필요한 존재이다. 가족에게, 이 글을 읽는 독자분들께 희망을 안겨주길 바라는 마음으로 특별한 삶을 살아오지는 않았지만 살아오면서의 소소한 경험들을 있는 그대로 진솔하게 옮겨놓는다. 후회 없이 남은 인생을 살기 위한 글일지도 모른다. 흘려보낸 젊은 날이 안타까워서 젊은 시절을 가고 있는 모든 분들이나 늦은 나이라고 안주하시려는 분들께 희망과 용기를 가지시기를 바라는 마음의 글이다.

세월은 유수같이 흐른다. 붙잡으려 해도 잡을 수가 없다. 고로 시간은 금이다. 젊은 날을 허송세월로 보낸다면 금덩어리를 쌓아놓지 못하고, 스스로 버린 결과물이 되고 만다. 박차고 일어나서 미래에 이미 이루어진 꿈을 향해 행동하며 실행해 나아가야 한다.

젊은 시절 경험과 지식이 부족해 은행 대출금을 받아 장사를 하려다가 사기를 당했고, 대출 받은 돈은 온전히 빚으로 남아 빚을 갚기 위해 젊은 시절을 즐겨볼 생각조차 못 해보고 보내야 했다. 지금에 와서 그때를 돌아보면 무지했던 내 자신이 안타깝다. 지금은 그렇게 하라고, 그게 답이라고 떠밀어도 용납하지 않았을 일이었다. 한순간의 선택으로 인해 빚의 멍에를 벗기 위해 어렸던 삼 형제 아이들의 엄마 자리도 비워둬야 했고, 가족 모두 힘든 삶 속에서 살 수밖에 없게 만들었다. 나에게 젊은 날이 다시 주어진다면 두 번 다시 바보처럼 사기당하는 일은 없을 것이다. 맞는 말인지, 프랜차이즈 창업이 확실한지, 세심하고 확실하게 알아본 다음에 투자를 할 것이다.

08

자식에게 집이 되기 싫다

나는 돈을 좋아한다. 돈을 사랑한다. 아마도 이 세상에서 돈을 싫어하는 사람은 없을 것이다. 둘째 아들이 군 복무 중에 휴가를 나왔다. 집 안에 들어서자마자 끌어안고 볼을 부빈다. 너무나 반가워서 토끼 마냥 깡충 깡충 뛰고 싶다. 군에 입대하기 전 한 달 정도 휴식하면서 보냈었다. 실컷 놀다가 입대를 하려고 했다. 밤늦게까지 PC방에서 게임을 하고 밤을 낮 삼아서 놀기를 반복하곤 했었다. 낮이 밤이었고, 밤을 낮으로 지냈다. 그때의 모습은 세상을 즐기기 위해 달리는 경주마와 같았다. 그러던 아들이 군에 입대한 날이 엊그제 같은데 늠름하고 씩씩한 군인의 모습으로 휴가를 나와서 내 품에 안겼다. 자식을 키우는 보람이 이런 느낌일 거라는 기쁨을 준다.

휴가를 나온 시간에 휴대폰을 바꿔야 한다고 한다. 휴대폰이 손상을 입어 쓰기가 불편하다고 해서 바꿔주기로 했다. 아들 손을 잡고 휴대폰 매장에 가서 새로 구입할 폰 가격을 알아보니 140만 원의 노트10 PLUS였다. 할부로 사면 할부 기간 동안 이자가 붙은 기계값과 요금제가 합산하여 나온다고 한다. 140만 원 휴대폰 기계값에 이자까지 내야 할 필요는 없을 것 같아서 일시불 현금을 주고 새 휴대폰을 사주었다. 휴대폰을 일시불 현금으로 사주는 사람은 엄마뿐일 거라고 아들이 말한다. 제대하고 나서 돈 많이 벌어서 갚아준다는 말도 한다.

돈이 없으면 부모 노릇도 제대로 하지 못한다. 갖고 싶은 것을 제대로 사주지도 못할 것이며, 그러다 보면 아이들은 부모에게 기대감도 적을 것이고, 행복을 느끼는 수치도 낮을 것이다. 부모가 되어 돈이 없으면 대접도 못 받는 게 요즘 시대의 흐름이다.

자식이 있어도 자식에게 의지하고, 자식이 부모를 살펴주기를 바라는 시대는 이미 지난 세월의 이야기다. 자식을 믿고 의지하려고 하는 생각을 해서는 안 된다. 물론 키워놓은 자식이 훗날 성공해서 부모를 공경하고 잘 모셔줄 수도 있다. 부모 스스로 노후를 살아갈 수 있도록 준비를 해놔야 한다. 자식이 부모의 노후를 책임져주길 바라지 말아야 한다. 다만 자식들이 부모에게 기대려 하지 말고, 자신의 삶을 잘 살아주기를 바랄 뿐이다.

"젊어서 고생은 사서도 한다."라는 말이 있다. 한 살이라도 젊을 때 성공하라고 삼 형제 아이들에게 말한다. 젊을 때 성공해서 돈을 벌어놔야 한다고 한다. 스스로 노후를 준비하는 삶을 살아야 한다. 자신들의 미래도 자신이 만들어가는 것이 삶의 이치라고 생각한다. 나 또한 자식에게 짐이 되는 노후를 살지 않기 위해 내 인생의 마지막 승부에 도전하며 최선을 다하여 달려가고 있다.

남편은 요즘 머릿속이 복잡하다고 한다. 진주에 있는 시댁의 집을 새로 지을 생각으로 집의 구조, 구성 등이 머릿속에 가득 차서 하는 말이란다. 정년퇴직을 하고 나면 시골에서 살기 위해 새 집을 지을 계획을 하고 있는 것이다. 새 집을 짓고 먹고살 만큼 손수 농산물을 재배하며, 노후 생활을 고향에서 보내려고 하나둘씩 기반을 만들어놓을 준비를 하고 있다고 한다. 농사를 많이 지어서 삼 형제 아이들과 훗날에 손자 손녀까지 농산물을 선물해줄 거라고 말한다. 그렇게 말하는 남편에게 아들들이 농사짓는 일보다 사 먹는 게 싸게 친다며 농사짓는 일은 하시지 말고, 취미 생활만 하시라는 말을 한다.

50대 중반이 되어가는 남편도 스스로 노후생활 설계도를 꾸미고 있다. 언제 세월이 흘러 머리에는 흰 머리가 희끗 희끗 솟아나고 얼굴엔 늘어가는 주름이 하나둘씩 자리를 잡는다. 젊었을 때 사진을 보며 세월의 흔적이 남은 자신의 모습에 씁쓸한 미소를 보인다. 자식들이 자라서 성인이 됐는데 늙지 않고 있다면 인생을 배반한 역방향이지 않는가. 순수하게 늙어간다는 것이 인생의 이론이지 않을까? 자식을 낳아 정성스레 키우고, 다 커서 성인이 되면 한 걸음 물러나 앉는 것이 부모의 자리인 것 같다.

나의 어머니는 95세이다. 연세가 많아도 딱히 아픈 곳 없이 정정하시다. 시어머님은 힘든 농사일을 많이 하셔서 그런지 허리가 굽으셨다. 거동하기가 불편해 유모차를 지팡이 삼아 붙잡고 걸으신다. 시골에 혼자 계시는 시어머님께 안부전화를 자주 드리고 이따금씩 찾아뵙곤 한다. 곁에서 돌봐드려야 하는데 그렇게 하지 못해서 늘 죄송스럽다. 사 남매나 되는 자식을 위해 한평생을 다 바쳐서 살아오셨는데 모시고 돌봐 드릴 자식 하나가 없다. 모두 제각각 살기 바빠서 부모 몸을 빌려 세상 구경을 하면서도 어머니 한 분을 모시고 사는 자식이 없는 것이다. 혼자 계신 시어머님을 생각하면 마음이 아파온다.

연세가 시어머님보다 많은 나의 어머니는 노인학교(노치원)를 다니신다. 아침 8시 30분이면 집 앞에 스쿨버스가 와서 어머니를 모시고 간다. 노치원 생활은 무척이나 재미있다고 하신다. 장구도 치고, 북도 치고, 노래와 무용, 종이접기, 스포츠 댄스 등 많은 활동에 즐겁다고 하신다. 목욕도 시켜주고, 발 마사지도 해주는 노치원은 최고의 효자이고 효녀이다. 저녁밥까지 노치원에서 드시고 이른 저녁 6시 30분이 되면 스쿨버스로 집까지 모셔다 주신다고 한다. 학교 문 앞에도 가보지 않으셨던 어머니는 노치원을 다니면서 몸도 건강해지고, 활력도 생기셨고, 늘 웃는 모습을 보여주셨다. 노치원 생활이 큰 활력소가 되어 어머니의 건강에 도움을 주었다. 연세가 많으신데도 건강한 몸으로 노치원을 다니시는 어머니가 존경스럽고, 고맙고, 사랑스럽고, 감사하다. 오랫동안 건강한 모습으로 살아주시길 바라본다.

시어머님은 자식에게 짐이 되기 싫어 시골에 혼자 계시기를 원하셨다. 훤히 트인 시골 생활을 하시다가 도시에 자식이 사는 아파트에 오시면 하루도 지나지 않아 갑갑해하셨다. 그러다 보니 며칠이 못 돼서 시골집에 모셔다 드려야 했다. 세상에 모든 부모님은 자식에게 짐이 되고 싶지 않기 때문에 스스로 불편한 삶을 마다하지 않고 살아가고 있을 것이라는 생각이 든다. 하루라도 빨리 살아생전에 어머니 곁에서 보살펴 드리고 행복하게 남은 여생을 보낼 수 있도록 해드려야 한다는 것을 마음속에 새겨둔다. 겉으로는 괜찮다. 아픈 데도 없다고 말씀하신다. 자식이 걱정할까 봐 외로움과 아픔을 감추고 마음에 없는 말을 하신다.

어떻게 사는 것이 자식에게 짐이 되지 않게 살아가는 것일까? 중년을 넘어가고 있는 나는 미래의 나이 든 할머니 모습을 그려본다. 그때에 가서도 자식에게 짐이 되는 엄마가 아닌, 당당하게 노후 생활을 하는 나로 살아가고 있을까? 미래는 살아보지 않아서 알 수가 없다. 나 자신에게 말한다. 자식에게 짐이 되는 부모는 안 될 거라고, 자식에게 존경 받는 부모가 될 것이고, 사는 날까지 행복하게 살아갈 것이다. 나이가 들어서도 내가 하는 일을 할 것이다. 책을 쓰는 작가의 삶은 은퇴가 없다. 내가 하고 싶고 할 수 있는 책을 쓰는 작가의 타이틀을 가지고, 나의 인생 3막까지 보장된 작가의 길을 갈 것이다.

3장

가장 힘들었던
그 순간,
하나님을 만나다

01

새벽길에 만난 하나님

친구에게서 전화가 왔다. 몸이 많이 아파서 병원에 입원했다고 한다. 당뇨병을 앓고 있던 친구는 심한 당뇨 혈당 수치로 합병증이 신장염으로 이어져 혈액 투석을 받는다고 했었다. 그러던 중 병세가 악화되어 입원해서 치료를 받아야 한다고 한다. 단란주점을 하고 있던 친구는 영업을 못 하고 있다고 나에게 맡아서 해달라고 부탁을 했다. 몸이 아픈 친구가 영업을 맡아줄 사람이 없어서 할 수 없이 나에게 부탁을 한다고 했다. 나는 몸이 아픈 친구가 안쓰러워 하던 식당일을 그만두고 경험도 없이 맡아서 해주기로 했다. 일명 술을 파는 노래방이었다.

노래방 영업은 저녁 해질 무렵부터 새벽 2~3시, 어느 땐 손님이 늦게 들면 동이 튼 이른 아침까지 영업을 해야 했다. 낮에 하던 일과는 달리 낮과 밤을 바꿔서 살아야 했다. 삼 형제 아이들이 초등학교 저학년 때라서 손이 많이 가야 할 때였다. 새벽 늦게 일을 마치고 돌아와 잠시 눈을 붙였다. 아이들의 아침밥을 차려주고 학교에 보내야 했다. 아팠던 친구는 하루 이틀 치료로 낫질 않아서 병원에 입원해 지내는 생활을 한다고 했다. 할 수 없이 가게를 인수 받을 수밖에 없었다.

우리 집에서 노래방 가게까지 거리는 갈 때는 내리막길이다. 걸어서 가는 시간이 50분이면 가는 거리였다. 새벽에 마치고 걸어올 때는 오르막을 걸어와야 해서 1시간도 넘게 걸렸다. 낮에 잠을 3~4시간 자고, 삼 형제 아이들에게 이른 저녁밥을 챙겨주고, 걸어서 출근을 한다. 낮과 밤을 바꿔서 생활하다 보니 몸이 무기력해져서 건강을 위해서 운동을 할 겸 출퇴근길을 걸어다녔다.

식당 일을 할 때는 늦은 아침부터 밤늦게까지 일을 했고, 노래방은 이른 저녁 시간부터 영업을 시작해 손님이 없을 때까지 장사를 하는 직업이다 보니 이튿날 동이 터서 시내버스 첫차를 타고 올 때도 종종 있었다. 새벽 2~3시에 영업을 마칠 때는 시내버스는 끊기고 할증요금을 주고 타야 하는 택시 요금이 너무 아까워서 사람 하나 없는 새벽길을 걸어서 온다. 어느 땐 다니는 교회의 새벽기도 시간하고 맞으면 교회로 가서 새벽기도를 드리고 집에 오곤 했다.

노래방 영업을 하며 생활했을 때 하나님께 가장 가까이 갈 수 있었다. 늘 새벽에 일을 마치고 집으로 오는 새벽길에서 하나님께 엉엉 울면서 하소연을 했었다. 그때 남편은 가지고 있던 자가용도 대출금을 못 갚아서 대부업자들이 차압해서 가져갔다. 그 뒤에 오토바이를 살 돈도 없어서 남편의 누님이 빌려준 돈으로 오토바이를 사서 타고 다녔다. 누님이 빌려준 오토바이 값은 매달 나누어서 갚아 드렸다. 나는 하나님께 걸어오는 새벽길에 울면서 따지듯이 말했었다.

'나는 당신의 딸이 맞습니까? 나를 보고 계시기나 하십니까? 당신 딸이라면 불쌍하지도 않으십니까? 언제까지 힘든 삶을 살아가야 합니까? 남들은 편히 잠든 이 밤에 난 왜 이 길을 걸어야 합니까? 저렇게 많은 집들 중에 왜 내 집 한 채도 안 주십니까?'

걸어오는 길에 현대자동차 판매 대리점이 있었다. 유리창 너머에 진열되어 있는 새 차들을 보면서 '저 많은 차 중에 남편에게 자동차를 한 대만 주시면 안 됩니까?' 하는 등 편히 좀 살게 해달라고, 갖고 싶은 것을 갖게 해달라고, 큰소리로 부르짖으며 하나님께 떼를 쓰며 새벽길을 걸었다. 사람이 없는 새벽길이라 마음껏 소리 지르며 하나님과 대화를 나눴다. 그러다 드물게 걸어오는 사람이 보이면 시치미 뚝 떼고 아무 말 없이 길을 걸었다.

그러던 어느 날 빨리 집에 도착해서 옷을 갈아입고 새벽기도에 가려고 준비 중일 때 허공에서 아무런 모습 없이 하나님의 음성이 들려왔다. 소리도 나지 않는데 머리를 통해 하나님의 말씀이 울려퍼졌다. 난 무릎 꿇고 숨죽여 울었다. 너무도 감격스럽고 감사해서 눈물이 줄줄 흘렀다. 주체할 수 없을 만큼 울리는 하나님의 음성은 한참 동안 들렸다.

주시는 말씀을 머리에 새겨두고 울면서 새벽기도에 참석하기 위해 교회로 갔다. 새벽기도가 시작되고 찬송을 부르고 목사님의 설교 말씀 중에도 의자에 앉아 엎드려 울었다. 새벽기도가 끝나고 집으로 올 때까지 울었던 것 같다.

이튿날이 되어서 다니는 교회에 집사님이신, 구역장님이 찾아오셨다. 새벽기도 때에 많이 울었던 나를 보고 목사님께서 우리 집에 무슨 일이 일어난 것 같다고 집사님께 방문해줄 것을 부탁하셨다고 했다. 나는 집사님께 자초지종을 말씀드렸다. 그리고 하나님께서 말씀을 주셨다고 말했다.

"내가 반드시 너를 복 주고 복 주며 너를 번성케 하고 번성케 하리라."

(히브리서 6:14)

너무 감동을 받아 감사해서 눈물이 한없이 흘렀다고 했다. 집사님은 놀라워하시며 큰 축복을 받았다고 하셨다. 하나님이 주시는 끝없는 사랑의 말씀을 듣고 어찌 눈물이 나지 않겠느냐고 하시며 집사님께서도 기뻐하셨다. 그러시면서 교회에 성도님들께 간증으로 전해 드리라고 말씀하신다.

하나님께서 주신 말씀을 액자에 곱게 넣어 거실에 걸어놓고 늘 감사의 기도를 드린다. 왜 내 말은 안 들어주시느냐고 떼쓰며 했던 말들을 하나님은 들으시고 떼쓰는 내가 가엾어서 말씀으로 선포해주신 것이다. 단란주점인 노래방을 하면서 새벽길을 걸어오며 하나님과 많은 이야기를 했던 것이다.

내가 원하는 모든 것을 미래에 준비해놓고 계시는 하나님께 나는 당장 원하는 대로 주지 않으신다고 떼를 썼던 것이었다. 세월이 지난 뒤에 헤아려 보니 내가 소원했던 것보다 더 크게 많은 것을 이루어주셨던 것이다. 내 집도 갖게 해주셨고, 자동차, 삼 형제 아이들, 건강, 늘 풍성한 양식 등 나의 모든 것이 하나님의 축복이었다.

난 알게 되었다. 하나님은 언제나 나와 함께 하신다는 것을. 그 어떤 시련이 닥쳐도 감사하게 받아들이는 내가 되었다. 시련 뒤에 주실 축복이 기다리고 있기 때문이다. 진정 사랑뿐이신 하나님을 알게 된 그때의 날들에 감사하다. 다시 돌아갈 수 없는 날들이지만 그때 만난 하나님은 말없이 내 푸념을 다 들어주시고 내 손을 잡으시고 같이 길을 걸었던 진정한 내 친구가 되어주셨다.

내게 반드시 복 주며 복 주고 번성케 하고 번성케 하실 것이라는 하나님의 말씀이 얼마나 거룩한가! 그 어떤 시련들이 다가온다 해도 나는 두려워하지 않는다. 내가 가는 길은 이미 하나님께서 만들어놓으신 길이다. 난 그저 언제나 웃음을 잃지 않고, 행복한 마음으로 앞을 향해 나아가기만 하면 된다.

오늘 사는 것이 어렵다고 한탄하지 말고 사랑이 없다고도 말하지 않을 것이다. 사랑하는 것만으로도 사랑을 이미 받았고, 내 주위에 사랑하는 대상이 있다는 것만으로도 행복한 삶이다. 최고의 왕이신 하나님이 나의 아버지, 무한정 행복한 삶이다.

02

피난처가 된 교회

지인들과 모임이 있던 날이었다. 지인 중 한 사람은 불심이 깊은 불교 신도였다. 다니는 절에서 하는 행사에는 한 번도 안 빠지고 참석을 하고, 행사를 치르는 과정에도 열정을 다해 활동한다고 한다. 그러면서 모인 지인들에게 행사에 참여하기를 권하며, 행사에 필요한 돈을 지불해야 한다고 참여하기를 원하는 지인들에게 돈을 거두었다.

나에게도 참여하기를 권하기에 나는 하나님을 믿는 사람이라 참여를 안 한다고 하니, 믿는 믿음과는 상관이 없는 행사라고 한다. 나는 그건 아니라고, 하나님이 내 안에 계시는데 어떻게 불교인 절에서 하는 행사에 참여를 하느냐고 말했다. 모인 지인들도 "그래, 그건 안 되는 말이지. 믿는 믿음이 다른데."라고 말한다.

그렇게 좋은 자리에 모인 모임에서 각자 믿는 믿음을 가지고 서로 의견 대립을 한다. 나는 내가 믿는 하나님보다 불교인 부처님이 안 좋다는 말이 아니다. 다만 하나님의 딸로서 부처님을 향해 무엇을 한다는 것이 내 자신이 용납할 수 없는 일인 것이다. 절에서 행사하는 일로 서로 의견 대립 때문에 모인 분위기도 서먹해지고, 먹고 있던 음식도 등한시해져서 다들 자리에서 일어나게 되어 모임이 끝나고 각자 집으로 가는 걸로 결론이 나버렸다. 어떻게 가지고 있는 믿음을 배반할 수가 있겠는가. 나는 누가 뭐라 해도 하나님의 딸이다. 한 점도 부끄럽지 않은 딸로서 살아갈 것이다.

남편이 대출금을 갚지 못해 진 빚으로 대부업자들이 아침 일찍부터 집으로 찾아왔다. 무조건 대출금을 빠른 시일에 갚으라며 매일 아침마다 찾아오는 대부업자들을 피해 어린 삼 형제를 데리고 교회를 피난처로 삼았던 적이 있었다. 이때에 목사님과 성도님들은 물심양면으로 아이들 먹을거리를 챙겨주시고, 기도도 해주시며 살갑게 보살펴주셨다. 친정집이 멀리 있다 보니 힘들 때나 좋을 때나 아이들을 데리고 교회로 갔다. 교회에 가면 마음이 안정되고, 아무 걱정이 없었다. 꼭 친정집에 와 있는 것처럼 푸근하고 편안함을 주는 친정집 같은 교회였다.

어려서부터 엄마를 따라 교회에서 보낸 날들이 많았던 삼 형제들이 성인이 된 시점에 와서도 심성이 바르고 남자아이들임에도 차분하고 여린 성품을 가지게 되었다. 남자아이들이라서 강한 면도 있지만 예의 바르고, 남편의 말이나 엄마인 내 말에 순응하고 존경해주는 아들로 자라주어서 더없이 감사하다. 모든 것이 하나님이 축복을 주셨기에 이루어진 행복이라고 생각한다.

나와 가깝게 지내는 친구는 밤에 잠을 못 이루고 밤새 뜬 눈으로 보내는 날이 허다한 불면증 증세로 힘들어 한다고 한다. 가족이 다 잠든 밤에 집안일을 할 수도 없고, 미칠 것 같은 심정이라고 했다. 밤에 뜨개질을 하며 시간을 보내고 휴대폰을 친구 삼아 밤을 지새운다고 한다.

나는 친구와 불면증에 대해 많은 대화를 나누었다. 아무 걱정거리도 없고, 몸이 불편한 것도 아닌데 잠을 못 이루어서 죽고 싶다는 말까지 했다. 나는 믿음을 가지고 있지 않은 무교인 친구에게 성경책을 선물로 주었다. 잠 들기가 힘들 때 천천히 말씀을 새겨가며 읽어보라는 말도 해주었다. 친구는 그냥 마지못해 읽어보겠다고, 고맙다고 말했다. 성경책을 받은 친구는 내 말을 무시하고, 성경책을 던져놓은 채로 읽어보기를 거부하던 중에 내가 말해주었던 하나님이란 분이 궁금해져서 다시 읽기 시작했다고 했다. 신실하신 하나님은 너의 마음을 알고 계시고 잠이 안 오는 불면증을 해결해 주실 거라고 말해줬다.

처음엔 성경책 한 페이지 읽어보고 그만두기를 반복하다가, 점점 하나님이란 분에 대해 끌리는 마음이 들어 탐독을 하기 시작했다고 했다. 친구는 돋보기를 쓰고 성경책을 읽어보다가 눈에 피로가 와서 돋보기를 벗고 눈을 감고 누웠는데, 그 길로 잠이 들었다고 했다. 단잠을 푹 잔 덕분에 몸이 날아갈 것 같다고 너무 기뻐서 잠에서 깨자마자 나에게 전화를 했다며 정말 감사하고 고맙다는 말을 했다. 나는 내가 한 것이 아니라 하나님께서 잠을 재워주신 거라고 감사의 기도를 드려줬다.

성경책을 읽기 시작한 친구는 교회를 같이 가보자고 권하는 내 말을 듣고 교회에 다니게 됐고, 목사님의 설교 말씀에 은혜를 받으며 성도님들과의 친분도 나누며 새벽기도에 열심히 간다고 말했다. 친구는 성도님들과 어울려 지내며 교회 활동 등으로 바쁘게 움직이다 보니 불면증도 사라졌고, 활기차고 생기 넘치는 모습으로 바뀌어 나에게 감사하다는 말을 잊지 않고 해줬다.

내게 교회는 피난처였고, 안정을 주는 마음의 안식처였다. 식당일을 하게 되면서 교회에 가는 횟수가 줄어들었다. 손님이 많은 주말에는 쉴 수가 없어서 주일예배를 못 지키는 날이 빈번해졌다. 아침 일찍 1부 예배에 참석하는 날은 하루 종일 피로가 몰려 와 일하는데 힘이 들어 주일을 등한시하게 되었다. 주일을 지키기 위해서는 주일날을 쉬는 날로 정해야 할 것 같아 사장님께 쉬게 해달라고 말씀을 드렸다. 손님이 가장 많은 주말이라고 안 된다고 하시던 사장님도 간곡히 부탁하는 내 말을 들어주셨다. 그렇게 하여 주일에 편안한 마음으로 예배시간을 지킬 수 있었다.

미국의 소설가 토머스 울프는 『그대 다시는 고향에 가지 못하리』라는 책에서 이렇게 말했다. "더 큰 사랑을 찾기 위하여 지금 가장 사랑하는 친구를 잃어버릴 것. 더 큰 당신을 찾기 위하여 지금 그대가 딛고 있는 땅을 잃어버릴 것." 떠난 길로 다시는 돌아가지 말라고 한다. 이렇듯 내가 이루고 싶은 꿈을 향해 나아가야 한다. 현재에 주저앉지 말고 한 발 한 발 내디뎌야 한다.

"지금껏 정해진 레일 위를 달려왔다면, 그래서 종착역이 너무 뻔하다면 당장 그 레일 위에서 내려와야 한다. 진짜 인생은 어쩌면 레일 밖에 있을지 모른다. 정해진 레일 위를 달리기보다는 돌아볼 때마다 아름다운 레일이 만들어지고 있는 삶을 보다 더 멋지고 더 황홀한 더 자유롭고 행복한 인생을 향해 새로운 레일을 놓아라."

하우석의 『내 인생 5년 후』에 나오는 말이다. 나도 지금까지 레일 위를 걸어왔다고 생각한다. 제1의 인생행로에서 벗어나 제2의 인생을 향해 가고 있다. 나이에 상관없는, 정년퇴직이 정해져 있지 않은 길을 가기 위해 준비하는 중이다. 자신이 좋아하는 일, 잘하는 일, 오랫동안 꿈꾸던 일, 관심 있는 일로 제2의 나를 만들어나갈 것이다. 나는 그저 살기 위해서 남들과 비슷한 인생을 살았다. 앞으로도 과거와 변함없는 똑같은 길을 계속 간다면 나의 인생이 너무 허무한 인생으로 남게 될 것이기 때문이다. 피난처로 삼아서 빚쟁이를 피하기 위해 갔었던 교회에서 두 번 다시 빚을 진 빚쟁이는 되지 않을 거라고 자신에게 깊이 새겨두었다. 제2의 인생의 꿈을 이루고 기필코 성공자가 되어 부자의 삶을 살 것이다.

03

가장 힘들었던 그 순간,
하나님을 만나다

"죽고 사는 것이 혀의 권세에 달렸나니
혀를 쓰기 좋아하는 자는 그 열매를 먹으리라." (잠18:21)

당신이 선포한 말 이제 하나님께서 이루신다. 천지만물에게 사랑의 말을 들려줘라. 말에 따라 감응이 달라진다. 자녀에게 좋은 말을 가르쳐라. 말의 힘이 위대한 자녀를 거듭나게 한다.

평화롭고 행복이 흘러넘치는 나의 가족, 나의 가장 무한한 감사함으로 넘쳐흐르는 행복한 분위기의 가정이다. 삼 형제는 웃고, 구르며 장난이 한바탕이다. 느껴보지 못한 많은 날들의 행복을 몸으로 느끼는 소중한 시간이다. 정겨운 아빠와 저녁밥을 준비하는 엄마가 있어 마냥 느긋하고 행복해하는 아이들이 더없이 사랑스럽다. 행복을 가슴 깊이 느낄 수 있는 이 시간이 오기까지 많은 날들 동안 시련의 아픔을 겪어야 했다. 돌다리도 두들겨보고 건너가라는 가르침을 주셨던 것이다.

단란주점 노래방을 하면서 출퇴근길을 2시간씩 걸으며 울면서 드렸던 기도를 흘려버리지 않으시고 들어주셨다. 자만하지 않고, 겸손하고 정직하고 진솔한 사람으로 살아가려 한다. 여유로운 시간으로 게으르지 않은 삶을 살아야겠다는 생각을 하며, 하나님을 멀리하지 않을 것이며 끊임없으신 하나님의 사랑 안에서 살아갈 것이다. 하나님은 사랑하기 때문에 시련을 주신다. 시련은 변형된 축복이기 때문이다.

한정식 식당에서 뜨거운 육수를 옮기다가 바구니가 발에 걸려 넘어지면서 팔과 다리에 뜨거운 육수가 쏟아져 화상을 입었다. 만약 그때에 얼굴과

온몸 전체에 화상을 입게 됐다면 내 삶은 어떻게 되었을까? 생각만 해도 끔찍스럽다. 넘어지면서도 뜨거운 육수를 쏟지 않으려고 육수통을 잡은 손을 놓지 않았기에 팔과 다리에 중점적으로 화상을 입었다. 하나님이 지켜주시지 않으셨다면 내 삶은 최악의 길이었을 것이다. 뜨거운 육수가 손으로 팔로 다리로 흘러 뜨거움에 몸서리를 치면서도 머리에서 육수통 잡은 손을 놓으면 안 된다는 생각이 불현듯이 떠올라 넘어진 상태로 손을 놓지 않았었다. 병원에 입원해 있으면서도 그때 상황을 생각하면 하나님의 사랑에 감사드린다. 하나님의 자녀라서 감사드리며, 하나님의 딸이라는 것을 잊지 않을 것이다.

첫째 아들이 8차선 도로에서 좌회전하려는 자동차를 오토바이로 뒤에서 들이받고, 오토바이는 도로 위에 박살이 나고, 아들은 몸이 붕 떠서 도로에 떨어졌다. 그 상태로 손가락에 끼웠던 반지가 빠져서 눈앞에 굴러가자 엉금엉금 기어가서 반지를 주웠다고 한다. 그런 위험한 상황에서도 큰 부상 없이 살아 있었다. 이 또한 하나님께서 역사하시지 않으셨다면 지금 첫째 아들이 내 곁에 없을지도 모른다. 하나님의 실체가 눈에 보이지 않을 뿐이지 하나님은 항상 같이하시고, 무한정인 사랑으로 감싸주시고 계셨다. 사고현장을 눈으로 본 나는 놀라움을 금치 못했다. 주변의 119대원, 경찰, 도로에 주행하고 있던 모든 분들이 기적이라고 하셨다. 달리는 속도로 자동차를 들이받은 오토바이는 굴러서 형체를 알아볼 수 없도록 박살이 났었다. 오토바이에서 몸이 붕 뜬 채로 도로에 떨어진 첫째 아들이 몸에 큰 부상 없이 살아 있다는 것이 기적이라고 했다.

다행히도 뒤따라오던 차들이 사고가 나자 바로 멈춰주었기에 더 큰 사고로 가지 않았고, 첫째 아들이 키는 커도 몸무게가 많이 나가지 않는 마른 체형이라서 충격을 덜 입은 것인지도 모른다. 아무리 그렇다고 해도 하나님께서 역사하여 주시지 않았다면 살아 있을 수 없는 상황이었다.

하나님께서는 언제 어디서나 같이 하시고 지켜주신다는 것을 믿는다. 나와 항상 같이하여 주시고 내 앞길을 진두지휘하시는 하나님의 뜻에 따라 꿈을 향해 나아간다. 가지고 있던 꿈을 일깨워주신 것도 하나님이셨고, 꿈을 향해 갈 수 있는 길도 하나님께서 열어주셨다. 나 스스로 포기하지 않는 한 꿈은 이루어진다. 내가 하고 싶었던 일, 작가가 되는 것이 나의 꿈이었다. 지금 이 순간 작가의 꿈을 이루기 위해 한 발 한 발 걸어가고 있다.

네 부자를 둔 집에서는 하루 종일 집안일을 해도 손이 모자란다. 빨래 바구니는 쉴 새 없이 쌓이고, 끼니마다 챙겨야 하는 각종 음식 준비, 설거지, 집안 청소 등등으로 하루 종일 움직여도 집안일은 남아 있다. 그럼에도 나는 책을 쓴다. 내 이름을 단 책 한 권의 저자가 되기 위해서이다. 직장 일을 하며, 집안 살림과 책을 쓰는 일은 시간을 내 것으로 만들지 않으면 안 되는 일이다. 잠자는 시간을 줄이고, TV 보는 것을 금지하고, 집안일도 꼭 해야 할 일만 하며, 내 시간을 만들어 책 쓰기에 활용한다.

나 자신이 내 인생을 창조하지 않으면 나 대신 내 인생을 창조해줄 사람은 이 세상 어디에도 없다. 오로지 내 인생은 내가 만들어가는 것이라고 생각한다. 하나님께서도 말씀하셨다. "찾으려 하면 찾을 것이며, 두드리면 열릴 것이다."라고 하셨고, 창조자가 되길 바라신다. 나 자신을 개발하기 위해 많은 책을 읽던 중 에스더 힉스, 제리 힉스 부부가 공동 저술한 『볼텍스』에서 그 답을 찾을 수 있었다.

"당신은 애초에 멋진 삶을 구가하기로 되어 있습니다. (중략) 당신은 창조자이며, 기쁘고, 만족스러운 창조의 경험을 할 수 있는 막대한 잠재력의 환경 속으로 들어가게 될 것임을 알고 있었습니다. 당신이 바로 창조자이며 지구별에서의 체험이야말로 수없이 많은 기쁨에 넘치는 창조를 시작하게 될 완벽한 무대가 되어 줄 것이었습니다. 당신은 그것을 잘 알고 있었습니다. 그리하여 당신이 지금 여기에 있게 된 것입니다. (중략) 당신은 독자적으로 결정하여 자기만의 기쁨에 넘치는 체험을 창조하기 위해 세상에 오기로 되어 있었던, 막강한 창조자였던 것입니다."

우리는 모두 창조자다. 이런 위대한 나를 어찌 사랑하지 않을 수 있을까. 우리는 스스로에게 자기 삶의 주인으로 살고 있는지 물어봐야 한다. 위대한 창조자인 자신을 얼마나 사랑하고 있는지 스스로에게 질문해보아야 한다. 하고자 하면 할 수 있다. 스스로 포기하지 않는 한 무한정 창조해낼 수 있는 능력을 가지고 있다.

책을 만들기 위해 글을 쓰는 자신을 보고 알게 되었다. 손편지 한 장도 제대로 써본 기억이 아득한 내가 끝없이 떠오르는 지나온 경험들의 이야기를 옮겨 적는 나 스스로에게 놀라기도 한다. 지나온 삶들의 기억들이 차곡차곡 쌓여져 있는 모습에 놀라웠고, 아픈 시련을 겪었던 감정까지도 그대로 기억하고 있는 아파했던 감정의 느낌에 글을 쓰면서 다시 아파오는 감정을 느꼈다. 누구에게나 시련은 있다. 시련을 잘 견뎌내면 성장의 발판으로 삼아 제2의 축복의 삶을 살아가는 데 필요한 버팀목이 되어줄 것이다.

나는 힘든 시련이 올 때마다 하나님을 원망했었다. 왜 나만 시련의 고통 속에서 살게 하느냐고. 다른 사람들은 고생을 안 하고도, 아픈 시련을 안 겪고도 행복하고 부자의 삶을 살아가는데 왜 유독 내 인생은 힘들게 살아야 하느냐고, 많은 날들을 푸념 섞인 말로 하나님을 향해 따지듯이 말했었다. 많은 세월이 지나서 내 삶을 돌아보니 하나님께서는 내가 원했던, 모든 것을 모두 이루어주셨다는 것을 깨닫게 되었다. 항상 내 곁에 함께 하셨고, 지켜주신다는 것 또한 확신할 수 있었다.

이 글을 읽는 독자 중에 시련으로 힘들어하고, 현실에서 좌절하는 사람이 있다면 010.8882.8049로 문을 두드려주길 바란다. 자신을 창조할 수 있는 큰 용기를 낼 수 있도록 희망을 전할 것이다.

04

가장 큰 행복은 나 자신이다

나는 20대 초반에 부모님 곁을 떠나 부산이라는 타지에서 경험 없이 시작한 음식 장사를 하면서, 프랜차이즈 업종을 추천하는 사람을 확실하게 알아보지 않고 믿었던 이유로 사기를 당해 젊은 시절을 빚을 갚기 위해 보내야 했다. 빚을 갚아가며 가난이라는 굴레에서도 희망을 잃지 않고 바쁜 나날을 살아왔다. 항상 긍정의 마인드로 현실을 받아들였고, 좋은 날들이 곧 올 것이라고 믿으며 살아오는 동안 어느새 50대 중반을 넘어가는 시점이 되서야 나 자신을 돌아보게 되었다. '도대체 어떻게 사는 것이 나답게 사는 것일까?'라는 질문을 하며 앞으로 남은 인생에 대해 고민했다.

'그동안 나는 무엇을 위해 지금껏 달려왔던 것일까?'

'왜 나는 50대에 들어와서야 나에게 이런 질문을 하게 된 것일까?'

이 두 가지 질문에 답을 할 수 있어야지 앞으로 나아갈 수 있을 것이라는 생각이 들었다.

50여 년을 살면서 무엇을 위해 달려왔던 것일까? 그것은 바로 인정받고자 하는 욕구였다. 시작점은 바로 '다른 누군가로부터 인정받고 싶은 욕구'였던 것이다. 이 욕구가 나의 삶을 이끌어온 원동력이었다. 인정받기 위해서 달려온 삶은 많은 것을 얻게 했지만, 나 자신을 배려한 삶을 살아온 것은 아니었다. 가장 큰 축복이 나 자신이면서 축복받은 나로 살아왔을까 하는 의문이 든다. 이제서라도 나 자신을 축복하기 위해 자신이 원하는 삶을 살고자 나의 길을 가보기로 했다.

축복 받은 나의 삶을 펼치기 위해 잠을 줄여가며 없는 시간을 내어 열심히 책을 쓰고 있는 과정에 둘째 아들이 군복무를 마치고 전역을 했다. 첫째와 둘째는 군에 입대할 때도 같은 해 같은 달에 입대를 하여 전역을 하는 날짜도 며칠 간격이었다. 건장한 둘째 아들의 전역으로 집안은 떠들썩하고, 늠름한 군인 복장으로 무사히 전역했다는 신고식의 큰절을 남편과 나에게 올렸다. 나는 있는 힘껏 끌어안아주며 고생했다고, 무사히 군복무를 마치고 내 품에 안겨주어 고맙다고 말해줬다.

다섯 식구가 다 모인 집안은 덩치 큰 네 부자로 북적이고 있었다. 책을 쓰는 일도 이어갈 수가 없었고, 네 부자의 뒷바라지로 바쁘게 움직여야 했다. 자식을 낳고 자식이 자라서 군에 입대를 하고, 어느새 전역을 하여 내 곁에 와 있는 현실이 행복하고 감사하다. 얼마 전 첫째 아들이 전역했을 때보다 두 배의 기쁨을 안겨주었고, 전역한 두 아들도 자유의 몸이 되어 느끼는 해방감에 날개라도 달고 날아가려는 듯이 기쁨을 만끽하는 모습이었다. 부모님 몸을 빌어 세상에 발을 붙이고, 남편을 만나 축복으로 얻은 삼 형제 아이들을 보며 하나님의 크신 사랑에 깊은 감사를 드린다.

벌거벗은 몸 하나로 태어나 얼마나 많은 것을 얻었는가. 세어보고 세어봐도 끝이 없을 만큼 많은 것을 얻었음에도 불구하고 더 많은 것을 얻기를 바라는 것이 나만의 이기적인 욕심일지 모르겠다. 그러나 욕심이 아닌 욕망이라고 말하고 싶다. 성공하고 싶고, 부자가 되고 싶고, 존경받고 인정받는 사람으로 제2의 인생을 사는 목표를 향해 달려가는 것이다.

자신이 이루고자 하는 곳을 향해 거침없이 날아가는 화살처럼 진취적인 삶을 살아가야 한다. 지금보다 더 나은 삶에 대한 욕구는 인간에게 내재된 특성이며 근본적인 욕구이다. 자신이 바라는 미래의 모습을 만들어가며 더 나은 삶으로 나아가기 위해서 새로운 시작의 발걸음을 내딛어야 한다. 새로운 시작의 발걸음 없이는 삶을 진취적으로 이끌어갈 수 없을 것이며, 발걸음이 서서히 소멸될 것이다.

'자신의 부정적인 생각과 말들이 그대로 현실이 되고 있다는 것'을 알아야 한다. 자신이 가볍게 생각하고 내뱉은 말들이 습관화되면 자신의 능력조차 제대로 알지도 못한 채 무조건 '할 수 없다.' 또는 '되는 게 없어.'라고 부정적으로만 생각하게 된다. 이로 인해 자신 안에 있는 무한한 잠재력조차 믿지 못한다. 답은 바로 '자신이 바뀌는 수밖에 없다.'라는 것을 겸허히 받아들이는 것이다. 그리고 자신을 바꾸기 위해서 가장 먼저 자신의 생각을 확고히 지배하려는 노력을 해야 한다.

버락 오바마, 마이클 잭슨 등 수 많은 사람들의 삶을 바꾼 랄프 왈도 에머슨의 저서인 『자기신뢰의 힘』에는 "스스로 자신의 기둥이 되어라. 힘이란 내면에서부터 샘솟는 것이다. 우리가 약한 이유는 내면이 아닌 외부에서 도움을 구하기 때문이다. 이것을 깨닫고 주저 없이 자신의 생각에 따라 몸을 곧게 펴고 손과 발을 움직이는 사람은 기적을 이룬다."라고 말한다.

한 번뿐인 인생, 가장 큰 축복은 나 자신이다. 자신이 원하는 것은 무엇이든 이룰 수 있는 무한지성과 같은 존재인 잠재의식이 존재한다. 그 잠재의식에 원하는 것을 각인시키면 되는 것이다. 그리고 어떠한 상황에서도 자신을 믿는 것을 잊지 말아야 한다. 자신이 뿌리 내린 그 곳에서 어떤 열매를 맺을지 스스로 정하고, 그 열매를 맺을 수 있다고 믿는다면 반드시 이루어질 것이다. 내가 지금 왜 이곳에 있으며 내일은 어디로 나아가야 하는지에 대한 물음에 대한 답을 명확하게 알고 있다면 앞으로 나아갈 수 있는 것이다. 새로운 시작에 늦은 때란 없다. 그저 시작하는 일만 남아 있을 뿐이다.

독일의 철학자인 프리드리히 니체는 『이 사람을 보라』에서 이렇게 썼다.

"나의 시대는 아직 오지 않았다. 몇몇 사람에게는 그런 시대가 죽은 뒤에 나타나기도 한다. 언젠가는 내가 이해하는 삶과 가르침을 다른 사람들에게 전하는 교육기관이 필요하게 될 것이다."

나는 '나의 시대는 아직 오지 않았다.'라는 말이 마음에 들었다. 나의 시대가 아직 오지 않았기 때문에 나는 더욱 앞으로 나아갈 것이며, 매일매일 성장해 나가는 삶을 영위할 것이기 때문이다. 자신이 이루고자 하는 곳을 향해 날아가는 하나의 화살처럼 삶에서 진취적인 발걸음을 멈추지 않을 것이다. 반드시 내 자신의 시대가 올 것이라는 믿음을 가지고, 새로운 시작의 발걸음을 내딛어야 하는 것이다. 다시 시작하기에 늦은 때란 존재하지 않는다는 것을 기억해야 한다.

축복으로 태어나서 지구 여행 중인 나 자신을 무의미한 삶의 모습으로 남기지 않기 위해 살아온 삶의 경험들로 나의 삶을 전개해나간다. 축복받은 삶에 감사편지를 쓰듯이 진솔하게 옮겨 적어본다. 삼 형제 아이들도 성인으로 잘 자라주었고, 제 각각 사회인으로 나아갈 준비 과정에 있다. 삼 형제 아이들에게 나는 말해준다. 자신이 좋아하는 일, 잘할 수 있는 일, 해보고 싶은 일로 자신에게 맞는 직업을 가지라고 한다. 누가 등 떠밀어 하는 일이 아닌, 자신을 위해 할 수 있는 일로 성공을 향해가는 길을 선택하여 살아주길 바라는 마음이다.

가장 큰 축복은 나 자신이라는 것을 잊지 않고, 소중한 젊은 날을 미래의 성공한 모습을 바라보며 나아가는 삶으로 값지게 보내리라 믿는다. 나처럼 많은 세월이 흐른 뒤에 내가 하고 싶은 일, 내가 꿈꿨던 길을 가려 하지 말고 한 살이라도 젊을 때에 꿈을 가지고, 꿈을 이루기 위한 길을 향해 전진하는 삶을 살아가주길 바란다. 이제 와서야 가장 큰 축복은 나 자신이라는 것을 깨달았고, 축복받은 나를 소중한 나로 만들어가기 위해 이 글을 적어본다. 미래의 꿈을 이룬 내 모습을 바라보며 모든 면에서 조금씩 나아지는 나로 앞을 향해 나아간다.

05

제일 좋은 스승은 엄마다

군복무를 마치고 전역한 둘째 아들의 아침 밥상에 계란후라이를 해줬다. 군대에서는 많은 병사들에게 일일이 계란후라이를 못 해준다고 한다. 생일날에 간부님께서 직접 선물로 계란후라이를 해주셨다고 했다. 그 이후로 처음 먹어본다면서 소소한 계란후라이를 감격스럽다며 맛있게 먹어줬다. 집에서 평범하게 먹을 수 있는 된장찌개, 무채나물, 오이무침, 김장김치, 돼지고기 볶음 등으로 차려진 밥상에 둘째 아들은 감동하여 눈으로 보기만 해도 배가 불러오는 것 같다며 집밥이 최고라면서 맛있게 먹어준다. 엄마의 음식이 더부룩하지 않고 든든하면서 속이 편안하다고 한다. 엄마의 손길이 닿은 음식이 최고라며 찬사를 연거푸하며 수북이 퍼준 밥을 다 먹고 설거지를 아들이 직접 한다고 큰 키에 큰 덩치로 싱크대에 서서 설거지를 했다. 엄마는 책 쓰기에 열중하시고, 특별하게 음식을 하시려고 애쓰지 말라는 말도 해준다. 엄마를 배려해주는 아들이 기특하고 대견스럽다.

군에 입대하기 전 입대 영장을 받고 군대를 가야 한다는 걱정으로 잠을 못 이루고, 밤을 새워가며 영화를 보고, 낮에는 군에 입대하기 전에 하고 싶은 것을 다 해보고 갈 생각으로 산으로 바다로 여행을 다니며 낚시도 즐기고 당구, 야구, 볼링, 피시방 게임 등 친구들과 즐길 수 있는 모든 것을 즐기며 입대 전 생활을 했다. 이렇게 연약한 모습을 보여줬던 아들이 군복무를 마치고 전역한 모습은 마음가짐부터 훌쩍 커졌고, 세상을 보는 눈이 성장한 단단한 성인으로 바뀌어 엄마인 나에게 큰 힘을 주었다.

아들이 하는 말이 있다. "남자는 군대를 다녀와야 옳은 사람이 된다."라고 한다. "집 안 걱정, 돈 걱정 하시지 말고 어머니께서 하고 싶은 일만 하시면 됩니다."라고 말을 해준다. 세상을 다 얻은 듯한 기쁨을 주는 아들이 되어주었다.

아들의 말이 너무나 감사하고 고맙다. 어느새 크나큰 아름드리나무처럼 성장해준 아들이 곁에 있어줘서 앞으로의 내 인생은 아무런 걱정 없이 살겠다는 확신을 갖게 해준다. 아들 셋을 키우면서 겪었던 시련과 고생했던 일들이 한순간에 다 사라져버린 듯 기쁨을 주었다.

하루의 절반의 시간 동안 일을 하며, 집 안 살림과 삼 형제 아이들을 돌보면서 힘들게 살았던 엄마인 나의 삶을 성인이 된 아들이 보상해줄 것이라고 한다. 힘든 날들을 살아오면서 아이들 앞에서 약한 모습을 드러내지 않고, 항상 꿋꿋하고 든든한 엄마의 모습을 보여주기 위해서 약한 내 모습을 감추고 살았었다. 그렇게 살아온 나의 실체를 삼 형제 아이들은 마음속에 가여운 어머니로 기억하고 있었다. 꼭 성공해서 은혜에 보답해드리겠다고 말한다.

사춘기 시절 삼 형제가 잘못을 해도 크게 나무라지 않았었다. 잘못을 거울삼아 거듭되는 잘못된 일이 없기를 바랐다. 감싸주고 사랑의 힘으로 다

독이며, 스스로 사춘기 시절을 잘 보내주기를 바라며, 참고 인내하며 곁에서 지켜주며 지내온 날들이었다. 남편도 같은 남자인 아들에게 꾸지람을 하기보다 훈계의 말을 해주며 다독여주었다. 이런 부모님의 마음을 아이들은 알고 있었다. 바른 인성으로 자라주었고, 선한 마음가짐으로 가족과 화합하며 부모님을 존경하는 아이들이 되어주었다.

자식에게 부모는 삶의 거울이라고 생각한다. 부모가 살아가는 삶의 모습이 자식의 삶에 최고의 큰 영향을 준다고 여겨진다. 삶의 힘든 역경 속에서도 흔들리지 않고 가족을 위해, 가정을 위해, 꿋꿋하게 살아온 부모님의 헌신적인 모습을 삼 형제 아이들은 가슴에 새겨두며 부모님의 인성을 닮아갔고, 성공한 삶을 살기 위해 노력할 것이며, 자식에게 희생했던 부모님의 은혜에 보답하는 자식으로 살아갈 것이라는 믿음을 주는 아들이 대견하고, 바르게 성장한 성인이 된 모습에 축복을 안겨주었다.

시골에 혼자 계시는 시어머님은 땔감 나무 부자이시다. 예전에 지은 집을 위채에 두고, 현대식으로 새로 지은 집이 아래채에 있다. 시어머님은 아래채의 전기판넬을 설치해놓은 집에서 살고 계신다. 땔감 나무가 많이 필요하지도 않은 것이다. 명절 때가 되면 우리 다섯 식구가 시골로 명절을 보내러 가기 때문에 그때에만 불을 지펴 방을 데우면 된다. 그럼에도 시어머님은 굽은 허리 때문에 걸음걸이도 불편한 몸으로 동네 어귀에 필요하면 갖다 쓰라고 모아놓은 나무들을 한 토막 한 토막씩 옮겨다 부엌 가득히, 발 디딜 틈조차 없을 만큼 쌓아놓으신다.

남편은 시골집에 갈 때마다 어머님과 나무더미로 논쟁을 벌인다. 불을 지피기 위해 부엌으로 들어가야 하는데 나무더미로 발 디디기도 힘들고 몸을 가누기에도 비좁아서 어머님의 나무 욕심을 탓하는 말다툼을 한다.

시어머님은 옛날 땔감 나무가 귀할 때 산에 올라가서 땔감 나무를 마련해 지게 위에 한 짐씩 짊어지고 오곤 하셨다고 한다. 그래서 여전히 나무 한 토막 한 토막이 소중해서 불편한 몸으로 들여다 쌓아놓으시는 것이었다. 그렇게 쌓아놓으신 땔감 나무도 아껴 써야 한다고 하신다. 그러는 시어머님께 남편은 어머님이 돌아가실 때까지도 다 못 쓰고 남을 거라며, 제발 그만 좀 쌓아놓으시라고 당부의 말을 드린다.

옛날에 마음껏 배부르게 먹지도 못하고 힘든 농사일을 해야 했던 시어머님은 쌀 한 톨도 귀하게 여기고, 데워 쓰는 따뜻한 물도 아까워서 보일러도 쓰지 않고 계신다. 전기요금도 아껴야 한다고 TV도 많이 안 보시고, 방 안의 불도 꼭 필요할 때만 켜신다. 시어머님은 모든 것을 아끼며 살아오셨다. 보릿고개 삶을 겪으신 탓으로 아껴서 살아야 한다는 강박관념이 몸에 배어 있기 때문이다.

시어머님께 많은 것을 배웠다. 자식이 옳지 않은 말을 해도 덮어두고 자식을 나무라지 않으셨다. 옳지 않은 말이라고 내세우지도 않으셨다. 늘 자식에게 지고 사셨다. 그랬던 자식도 자신이 옳지 않은 말을 했다는 것을 알고 있다. 더 안 좋은 상황이 되지 않길 바라는 마음으로 어머님은 자식한테 지고 살아오셨던 것이다.

어머님의 삶은 자식을 위해 사는 길뿐인 것이다. 모든 것을 다 주고도 모자라서 한 없이 자식에게 주고 싶은 마음을 가지고 살아간다. 자식이 부모님 생전에 어찌 그 큰 은혜를 다 갚을 수 있겠는가. 자식은 어디까지나 자식일 것이고, 부모님의 자식을 향한 끝이 없는 사랑에 자식이 보답해드린다고 해도 부모님의 사랑만큼 채워드리지 못하는 것이 자식의 자리인 것이라는 생각이 든다.

그렇게 부모님에게 배운 교훈을 내 자식에게 베풀고 사는 삶들의 결론은 부모님을 거울삼아 부모님의 자식 된 도리에서 벗어나지 않고, 부모님을 닮은 삶으로 살아가는 것이 진정 부모님께 효도하는 길이라는 생각을 한다. 부모님 살아생전에 효도하고자 노력해야 한다. 때를 놓치면 자식이 봉양하려고 해도 어버이가 그를 기다려주지 않는다.

이 세상 모든 부모님은 하나 같이 자식이 성공해서 잘 살아주기를 바라는 마음뿐일 것이다. 자식의 생각도 이와 같아서, 부모님께서 바라시는 대로 살고자 노력하며 성공한 모습을 부모님께 보여드리기 위해 발전해 나아가며 살아갈 것이다.

지금의 나도 성공한 사람이 되기 위해 매일매일 조금씩 나아가는 삶의 길을 걷고 있다. 나의 성공은 곧 부모님께 보답하는 성공이며, 내 자식들 역시 내 모습을 거울삼아 성공한 엄마의 아들로 탄생할 것이라고 믿는다. 제일 좋은 스승은 부모님이고, 그보다 더 큰 스승은 엄마이기 때문이다. 엄마라는 위대한 명칭만큼 엄마의 삶 또한 가장 큰 교훈을 주는 스승인 것이다.

06

버킷리스트대로 다 이루었다!

미국의 철학자인 에머슨은 "그가 하루 종일 생각하고 있는 것 그 자체가 그 사람이다."라고 말했다. 이 말처럼 나라는 존재는 그동안 지속적으로 생각해온 생각들의 결과물이다. 즉 생각이 바뀌면 미래도 바뀌게 된다. 그러므로 삶을 바꾸기 위해서는 자신이 원하는 방향으로 생각을 이끌어가는 힘을 키워야 한다. 이것이 부자가 되는 첫걸음이다. 생각의 방향을, 자신이 원하는 곳으로 돌려야 하는 것이다. 내가 부자가 되고 싶고 경제적으로 풍요로운 인생을 살고 싶다면 풍요로운 삶으로 자신의 생각을 이끌어가야 한다. 풍요로운 삶을 향해 걸어나가기 위해서는 자신에게도 부자가 될 권리가 있다고 믿어야 한다. 사람은 풍요로운 삶을 살 권리와 그러한 삶을 만들 수 있는 생각의 힘이 있다.

대부분 사람들은 '자신이 생각하는 것이 이루어질 수 있을까?' 의문을 품고 '자신이 너무 많은 부를 바라는 것은 아닐까?'라며 걱정한다. 하지만 넓은 바다에 사는 물고기가 먹이로 곤란을 겪지 않는 것처럼 우리도 부로 넘쳐나는 우주 속에서 살고 있다. 단지 그것에 대해 생각해본 적이 없기 때문에 낯설게 느껴질 뿐이다.

자신이 어떠한 상황에 처해 있더라도 그 현상에 시선을 두지 않고 '나는 성공한다.' '이미 나는 풍요롭다.'라고 생각한다면 무엇이든 원하는 것을 이룰 수 있다. 자신에게 일어나고 있는 일은 모두 자신의 생각에서 시작된 것이다. 사람은 누구나 예외 없이 무한한 힘(생각하는 힘)을 가진 존재이며, 자신이 생각하는 대로 삶이 이루어진다. 자신의 삶을 어떠한 방향으로 이끌어갈 것인지는 전적으로 자신에게 달려 있는 것이다. 마틴 루터 킹의 말이 떠오른다.

"새가 머리 위를 지나가는 것은 막을 수 없다. 그러나 머리 위에 집을 짓는 것은 막을 수 있다. 나쁜 생각이란 마치 머리 위를 스치는 새와 같아서 막아낼 도리가 없다. 그러나 그 나쁜 생각이 머리 한가운데 자리를 틀고 들어오지 못하게 막을 힘은 누구에게나 있다."

스스로 생각하는 힘을 갖추고, 누구나 미래를 알 수 없지만 그 미래를 만들어갈 힘은 무한정으로 가지고 있다. 그 힘이 바로 생각하는 힘인 것이다. 생각하기에 따라서 각자의 인생지표를 만들어갈 수 있는 것이다. 나는 많은 버킷리스트의 꿈을 가지고 있다. 그 꿈을 이미 모두 다 이루었다고 자신에게 말한다. 생각을 하고 말을 하면 그 말대로 이루어진다. 마음을 통해서 우주를 움직일 수 있기 때문이다. 많은 사람들이 스트레스 속에서 살아간다. 모두가 말의 파동 때문이다. 생각하고 하는 말의 파동은 전자파보다 3,300배나 더 강력하기 때문이다. 말은 파동과 파장으로 우주를 움직여 놀라운 파워를 보여준다.

나는 성공한 부자의 삶을 살기 위해 의식을 높이고 미래에 성공한 내 모습을 바라보며, 정상을 향해 달려가고 있다. 살아온 세월을 뒤돌아보면 내가 생각하고 원했던 삶을 살아왔다. 이제는 더 큰 욕망을 갖고, 성공자의 대열에 오르기 위해 앞으로 나아가고 있다. 내가 꿈꾸고 원하는 버킷리스트의 꿈을 이루어낼 것이다. 나의 성공에 이르는 길은 나에서 시작해야 한다. 누가 대신 나 자신을 성공자로 만들어주지는 않는다. 나 자신과의 약속을 한다. 성공자의 이름으로 탄생했다는 약속이다.

예전에 내 이름으로 된 내 집을 갖고자 할 때도 집을 살 만한 형편이 전혀 갖추어 있지 않았었다. 그럼에도 내가 집을 사서 주거를 할 집을 수시로 찾아가서 눈으로 확인하며, 내 집이 된 집 안에서 생활하는 모습을 상상했었다. 신용 불량자라는 낙인이 찍혀 은행 대출금도 받을 수 없는 등급이었고, 말 그대로 내 집을 살 수 있다는 말이 무색한 현실이었다. 그럼에도 불구하고 내가 살 집을 이미 내 것이 된 내 집으로 생각했었다. 집을 살 여건이 마련되어 있지 않으면서도 포기하지 않았다. 분명 저 집은 내 집이라고 나 자신에게 주입시켰다. 무지함 속에서도 희망을 잃지 않고 밀어붙이는 내 모습을 보시고, 하나님께서 주위의 사람에게 도움의 손길을 주도록 길을 열어주셨다.

신용회복 개인회생으로 원금을 분할하여 갚아가고 있었던 남은 금액을 일시불로 지불하고, 신용 불량자의 그늘에서 벗어날 수 있었다. 신용 불량자에서 벗어났어도 은행에서 대출을 받을 수 없는 신용 등급이었다. 이런 상황에서 부동산 소장님의 넓으신 인맥으로 대출을 받을 수 있었다. 집을 살 가능성이 없는 형편인데 소장님의 도움으로 원했던 내 집을 마련할 수 있었다. 포기하지 않고 내 집이라고 상상하고 밀고 나갔기에 꿈같은 내 집을 마련할 수 있었다. "생각하면 생각대로 이루어진다." 생각을 하고 말을 하면 이루어진다는 말을 나는 확신의 믿음으로 갖고 있다.

50대로 나이가 들어가면서 마음속에 가지고 있던 꿈을 이루고 싶다는 욕망이 솟아오르고 있었다. 육체 노동을 더 이상 하고 싶지 않았다. 더 늦기 전에 내가 하고 싶은 일을 자신만을 위한 삶의 시간을 갖고 싶었다. 하나님께 기도 제목으로 나만의 시간으로 이루고 싶은 꿈을 이루어질 수 있게 해달라고 기도를 드렸다. 육체 노동만 했던 내게 소망했던 육체 노동이 아닌 작가의 길을 가도록 꿈을 펼쳐주셨다. 생각하는 대로 이루어진 것이다. 내 삶은 모두 나의 생각으로 이루어졌다. 생각하고 말을 하고 행동하면 원하는 모든 것이 이루어진다.

이것은 자신의 큰 꿈으로 그 꿈을 이룬 소년의 이야기다. 소년은 케냐 출신 흑인 아버지와 백인 어머니 사이에서 혼혈아로 태어났다. 부모님은 일찍이 이혼했다. 하와이에서 인도네시아로 갔다가 다시 하와이로 돌아왔다. 하지만 돌봐주지 않는 부모, 따돌림, 인종차별, 술, 담배, 그리고 마약까지. 그러나 그는 다시 일어섰다. 유일하게 그를 지탱해주었던 힘이 있었다. 바로 꿈이었다.

"꿈은 이루어질 수 없다고 부정했던 사람들은 기억하라. 나 즉 오바마가 대통령이 된 것이 모든 이들의 꿈은 실현될 수 있다는 것을 보여준 것이다."

그렇게 오바마는 미국 최초의 흑인 대통령이 되었다. 모두가 불가능한 일이라고 했지만 그는 꿈을 이루었다.

꿈은 커야 한다. 작으면 안 된다. 작은 꿈은 가슴이 뛰고 설레지 않는다. 그러니 꿈은 크게 가져야 한다. 한 발 한 발 그 꿈을 향해 나아가며 즐겨야 한다. 이미 이루어진 것처럼 상상하고 행복한 마음으로 나아가야 한다. 그래야 꿈이 현실이 된다. 커다란 꿈은 자신을 뛰어넘어 한계를 극복하기도 한다. 잠자고 있던 자신의 재능이 무한대로 발휘될 수도 있다. 꿈꾸지 않으면 이루어지지 않는다.

큰 꿈을 꾸어야 한다. 이번에는 남의 꿈이 아닌 내 꿈과 함께. 그 꿈을 믿을 사람은 오직 나 자신뿐이다. 꿈을 꾸는 이상 모두 다 이루어낼 것이다. 모든 씨앗 속에는 자라는 데 필요한 권능과 계획들이 깃들어 있다. 꿈을 가지고 그 꿈이 이루어지도록 필요한 노력을 할 것이며, 꿈을 이루기 위해 계획하며 행동으로 실천해나갈 것이다.

07

예언으로 얻어진 우리 집

삼 형제가 염려되어 살고 있는 동네에서 멀지 않은 곳을 찾아 일을 하러 다녔다. 출퇴근길을 걸어가며 기도를 드린다. 일을 할 때나 언제 어디서든 기도를 하며 지낸다. 언제까지 이 길을 걷게 하실 겁니까? 아직도 고생해야 할 날들이 남아 있나요? 이제 그만 힘든 일 좀 안 하고 살 수 있게 해주세요. 하나님께 따지고 '주세요. 주세요. 주세요.'를 반복했다. 이미 다 받았고, 모두 이루었다고 확신의 기도를 했어야 했다. 그래도 하나님은 내 말을 들으셨고 소원을 이루어주셨다.

돼지등뼈로 감자탕을 끓이고 등뼈찜, 등뼈해물찜, 등뼈해장국을 파는 식당에서 일을 할 때였다. 처음에 일을 시작했을 때는 설거지와 재료 준비 등 주메뉴 요리를 하며 주말에는 산더미 같은 설거지와 밀려오는 주문에 눈코 뜰 새 없을 만큼 바빴다. 250평이나 되는 매장은 커다란 어린이 놀이방이 준비되어 있어서 주말이나 공휴일이면 손님이 줄을 서서 기다릴 정도로 성업 중인 식당이었다. 가정의 달 5월과 유치원, 학교 방학, 연말, 연시 시즌일 때는 문전성시를 이루는 날들의 연속이었다. 시즌 기간 동안은 오전 10시부터 오후 10시까지로 정해진 근무시간을 지나 밤 12시가 넘어서까지 쌓인 설거지를 마무리하고 집에 오면 새벽 1시가 되어가고 있었다.

돼지등뼈를 삶는 남자 직원이 퇴사를 해서, 나와 동료 언니는 주어진 일에 더해 등뼈까지 삶아가며 일을 해야 했다. 업체에서는 인건비를 아끼기 위해 등뼈 삶는 남자 직원을 구하지 않고, 동료 언니와 내게 일방적으로 등뼈를 삶아가며 일을 하도록 강제로 떠넘기다시피 했다. 엄청난 스트레스와 견디기 힘든 정신적, 육체적 피로가 몰려왔다. 처음 일을 할 때 규정된 일을 벗어나 남자 힘으로도 힘든 등뼈를 삶는 일까지 하게 하며 근로 계약서에 명시되지 않은 일을 해야 했다. 늦은 밤 일을 마치고 집에 돌아오는 길에서 하나님을 원망하고 눈물을 흘리며 푸념 투성이의 따지는 듯한 기도를 하면서 집에 오곤 했다. 일하는 식당에서 우리 집 가는 길은 오르막길을 30분 이상 걸어와야 했다. 힘든 길이었지만 그 길은 하나님과의 대화를 나누는 대화의 광장이었다.

2018년 12월이 되었을 때, 점장님이 같이 일하는 동료 3명과 할 이야기가 있다고 불러 앉혔다. 2019년이 되면 300명 이상 근로 직원이 있는 업체는 한 주간의 근로시간이 52시간으로 정해졌고, 시급도 8,350원으로 올라서 정직원을 퇴사시키고 아르바이트일을 하는 사람으로 대체를 하기 위해 스스로 퇴사해주길 바란다는 말씀을 하셨다. 일하던 식당은 프랜차이즈 업체로 전국에 매장이 많은 업체였다. 하나님은 나 스스로는 일을 그만두지 않을 것으로 아시고, 주위의 동료와 같이 권고사직을 하고 실업급여와 퇴직금, 누적된 연체수당, 휴직수당을 받아 목돈을 만들어주셨다. 하나님은 늘 나와 함께 하시며, 나의 모든 것을 알고 계셨고, 원했던 모든 것을 이루어주시며, 이미 나의 미래에 설계도를 만들어놓고 기다리고 계신다.

아이들을 데리고 피난처 삼아 갔었던 교회에 미래를 예언하시는 은사님께서 초청되어 목회를 하시는 기회에 참여하게 되었다. 목회가 끝나고 은사님은 내 머리에 손을 얹고 예언을 해주셨다. 크고 넓은 집을 가질 것이고, 장사를 할 거라는 예언의 말씀을 주셨다. 받은 예언 말씀은 늘 가슴 한편에 간직하고 있었다. 주택의 전세 집에서 다섯 식구가 열악하게 살던 때에 받았던 예언 말씀은 마음에 새겨두고 소망으로 남아 있었다.

남편이 사업하다 5천만 원이라는 큰 빚을 지고 있을 때였다. 아이들이 어려서 집안 살림만 하는 아기 엄마였다. 흐르는 세월 속에서 언제 빚을 다 갚을 수 있을지 앞이 보이지 않은 날들을 보내며 부자인 아빠, 엄마가 아니어서 어린 삼 형제에게 풍족한 생활 여건을 갖춰주지 못해 항상 미안한 마음이었다. 부자로 성공한 성공자의 아빠, 엄마가 부러웠다. 성공자들은 말속에 모든 성공의 열쇠가 담겨져 있다는 사실을 알고 있다. 세계적인 베스트셀러 작가인 로버트 기요사키는 자신의 저서 『부자 아빠, 가난한 아빠』에서 이렇게 말했다. 부자 아버지는 '나로서는 할 수 없어요.'라는 말을 금지시켰다.

하지만 나는 우리 집에서 늘 그런 이야기를 들었다. 부자 아버지는 아이들에게 이렇게 말하도록 가르쳤다.

'어떻게 하면 내가 그것을 할 수 있을까요?'

부자 아버지는 '나로서는 할 수가 없어요.'라는 말은 머리를 닫아버린다고 설명했다. 그 말을 하면 더 이상 생각할 필요가 없는 것이다. 하지만 '어떻게 그것을 할 수 있을까요?'라는 말은 머리를 열어준다. 그러면 우리는 생각할 수밖에 없고 답을 찾을 수밖에 없다.

의심, 불안, 두려움에서 생겨나는 부정적인 생각들은 자신의 입이 '나로서는 할 수 없어요.'라는 말을 하도록 만든다. 그리고 이런 나약한 말들은 무엇을 이루고자 하는 자신의 의지를 꺾고, 삶이라는 망망대해에서 자신을 방황하게 만든다. 하지만 '어떻게 하면 그것을 할 수 있을까?'라는 말은 자신의 내면에 있는 선한 욕심을 자극하여 자신이 더 나은 삶을 추구하도록 이끌어줄 것이다.

나는 아이들을 어린이집에 보내고 일을 하며 빚을 갚아나가고 있었다. 노래방 영업을 할 때, 남들은 거의 퇴근하는 시간에 나는 출근을 했다. 밤을 낮 삼아 일을 하다 보니 운동할 수 있는 시간이 주어지질 않아 집에서 노래방까지 4~50분 걸어서 출퇴근을 했다.

집 앞 근처 전봇대에 '급경매'라고 쓰여진 전단지가 눈에 띄었다. 며칠째 계속 전봇대에 붙어 있는 경매물 전단지는 자꾸만 나를 따라 다녔다. 어떤 암시를 주는 듯한 느낌을 받았다. 미래의 예언 말씀이 떠올랐다. 작은 전화번호 메모글을 하나 떼어 주머니에 넣었다. 전단지에 붙어 있는 부동산에 전화를 하고, 남편과 같이 부동산 소장님께 빌라 경매물에 대해서 이야기를 들었다. 소장님의 말씀은 가진 돈이 많지 않아도 은행 대출을 받아 집을 살 수 있다고 했다.

살고 있는 집 전세금 1,200만 원과 넣고 있던 적금, 소소하게 있는 통장의 잔액들을 합산하니 2,000만 원 가까이 되었다. 은행 대출을 받기 위해서는 신용 불량자에서 벗어나야 했다. 신용회복의 도움을 받아 분할하여 갚아나가고 있었던 금액의 남은 부분을 일시불로 갚고, 신용 불량자에서 벗어나게 되었다. 그러나 신용 불량자였던 탓으로 은행에서 대출을 해주려

하지 않았다. 그때의 부동산 소장님은 부동산을 사고파는 일을 전문적으로 하시는 분이라 인맥이 넓으신 분이셨다. 소장님께서 은행 대출 담당자에게 우리는 집을 사서 이익금을 남기고 파는 사람이 아니고, 직접 주거를 할 사람이니까 소장님을 믿고 대출을 해주라고 말씀하셨다. 그리하여 대출을 받을 수 있었다. 은행에서 정해놓은 빌라 대출금은 4천만 원이었는데, 그 규정을 깨고 무려 6천7백만 원을 대출을 받았다.

하나님께서 예언하시는 은사님을 통해 미래에 넓고 큰 집을 갖게 된다는 예언하신 말씀을 놓치지 않고 기대하고 있었다. 빌라를 사게 된 것도 대출금을 한 푼도 집값에 모자라지 않게 맞추어 받게 해주셨다. 예언 말씀에 믿음을 가지며 넓고 큰 내 집을 머릿속에 그림을 그려놓고, 큰 집에서 살고 있는 내 모습을 상상하며 바라보았다.

낙찰 받은 8천7백만 원의 금액에 맞추어 빌라 경매물을 살 수 있게 하나님께서 사람을 통해 이루어주신 것이었다. 2008년도에 통상적인 빌라 가격보다 훨씬 낮은 가격으로 내 집을 마련하게 해주셨다. 아픈 친구로 인해 예상하지 못했던 단란주점을 하게 된 것도 하나님께서 미리 준비해놓으신 일이었다. 지금 내가 꿈꾸며 바라보고 가는 나의 미래의 성공을 이룬 모습도 하나님께서는 이미 만들어놓으시고, 기다리고 계신다는 것을 확신한다. 포기하지 않고 조금씩 나아가기만 하면 성공자의 이름을 성취할 수 있다는 것을 믿고 의심하지 않는다. 하나님과 같이 가는 내 삶의 길이 행복하고 어떤 축복을 주실 것인지에 대한 기대를 하며 미래를 향해 나아간다. 하나님께서 나의 미래의 집을 은사님을 통해 예언해주셨듯이 이미 나의 미래의 성공도 다 이루어놓고 기다리고 계신다.

08

하나님의 선물,
아들

잉태를 꿈꾸고 기다리고, 임신하고도 열 달을 또 꿈꾸고 기다리던 삼 형제들이다. 그렇게 나에게 다가왔다. 기쁘고 행복하고 아이들을 보면 모든 것을 다 가진 것처럼 세상에 부러운 것이 없을 만큼 나의 전 재산이란 생각이 든다. 경희대 정용석 교수는 〈나는 이미 기적이다〉라는 강의에서, "나는 불가사의한 존재다. 지구에 태어난 사람의 숫자를 다 합쳐도 500억이 안 된다. 인간이 태어날 확률은 1/10의 400승이다. 50억 년 전 지구의 탄생에서부터 멸망까지 나는 단 한 번만 존재한다. '어찌 내가 나를 사랑하지 않을 수 있겠습니까?' 당신이 이 세상에 온 것은 이미 기적이다."라고 말한다. 마음에 큰 울림을 주었다. 세상에서 가장 위대한 사랑은 바로 자기 자신을 사랑하는 것이라는 것을 깨닫게 되었다.

외동아들인 남편은 부모님의 많은 사랑을 받고 자랐다. 어른이 된 지금까지도 부모님의 사랑은 변함이 없다. 남편은 동년배 친구들보다 늦은 결혼을 했다. 시부모님께서는 손자 보기를 학수고대하셨다. 시골에 계시는 동네분들에게 자랑거리가 없으시다며 한탄을 하셨다. 부모님을 찾아뵈러 가기가 송구스러워 갈 수가 없었다. 결혼하고 5년이라는 세월이 지나서 첫째 아들을 얻을 수 있었다. 하나님께 간절히 매달리며 기도 드린 날들의 선물이었다. 나는 하나님께 애원하며 하나님께서 심판하시는 심판대에 올려져 하나님의 심판의 결과만을 간절히 원했었다. 내가 아기를 얻을 수 있는 자격이 있기를 바랐던 심판의 결과였다.

하나님께서 엄청난 시련을 겪게 하셨고, 시련 뒤에 축복을 선물해주셨다. 첫째 아들을 낳은 지 3주가 지나서 조그만 아들을 안고 시부모님을 찾아뵈러 갔었다. 소원하셨던 손자를 보고 싶어 하시는 부모님의 마음을 알기에 하루라도 빨리 보여드리고 싶어서였다. 시골 시댁에 도착하니 동네에 계시는 친척분들이 경사라도 난 듯이 첫째 아들을 보려고 시댁에 모여 계셨다. 친척 어르신들은 내게 큰일을 했다며 토닥여주시고, 시부모님께서는 천하를 다 얻은 듯이 기뻐하셨다. 시아버님께서는 첫 손자를 낳아주어서 고맙다고 100만 원을 선물로 두 손에 얹어주셨다. 첫째 아들을 낳기 전 마음고생을 많이 했던 아픔이 씻은 듯이 깨끗이 사라지는 것 같았다. 축복으로 내 품에 안겨준 첫째 아들은 집안의 큰 경사였고, 시부모님의 모든 시름을 지워드리고 크나큰 기쁨을 준 아들이었다.

집안의 가장 큰 빛으로 탄생한 첫째 아들이 6개월 반이 되는 시점에서 둘째 아들을 갖게 되었다. 첫째 아들이 곧바로 동생을 선물로 안겨준 것이다. 둘째를 임신했다는 소식을 남편이 시부모님께 알려드렸다. 시부모님은 첫 손자의 기쁨에, 또 손자를 가졌다는 소식에 더할 나위 없이 기뻐하셨다. 얼마 후 연년생으로 둘째 아들이 태어났다. 이렇게 하나님께서는 축복에 축복을 선물로 보내주셨다. 시부모님께서는 연이은 손자 탄생으로 걱정 근심은 다 잊으신 듯 기뻐하셨고 행복해하셨다.

시부모님은 농사를 크게 지으셨었다. 쌀을 찧는 기계로 농사로 얻은 쌀을 찧으셔서 아들집에 보내주시곤 했었다. 손자가 둘이나 태어나자 시부모님께서는 쌀도 식구가 늘었다고 손자가 태어나기 전에 보내주셨던 쌀 포대의 2배나 되는 양식을 보내주셨고, 각종 농산물을 섭렵해서 가득 가득 보내주셨다. 끝이 없는 자식 사랑에 선물을 주셨던 것이다. 그때를 돌아보면 시부모님의 지극정성을 어찌 자식이 모두 다 갚아 드릴 수 있을까? 자식은 부모가 되어서도 부모님이 자식에게 주시는 사랑만큼 부모님의 사랑을 다 갚지 못하는 것 같다.

연년생으로 두 아들을 손자로 안겨드리고 나니 시어머님께서는 손녀딸을 낳아주기를 바라셨다. 시어머님께서는 따님이 세 분 계신다. 나이 들면 아들보다 딸이 있어야 한다고 하시며 딸을 낳기를 권하셨다. 남편에겐 누님이 두 분 계시고, 여동생이 한 명 있다 보니 남편보다 누님이나 여동생이 시부모님께 큰 효녀로 시부모님의 모든 것을 살갑게 챙겨드리고 보살펴주시는 일을 도맡아 해드리고 있었다. 그러시다 보니 손녀딸을 낳으라고 하셨다.

연년생으로 두 아들을 얻고 나니 키우는 게 힘이 들어 더 이상 아들이든 딸이든 낳고 싶은 생각도 없었고, 형편도 어려워 감당하기도 벅차서 자식을 더 낳을 마음을 갖지 않았다. 그러던 중 시어머님의 반복적인 손녀딸 이야기에 거짓말로 아이를 가졌다고 했다. 거짓말로 임신했다고 한 말이 얼마 지나지 않아 현실이 되어 있었다. 나 자신도 놀라운 일이었다. "말하면 말한 대로 이루어진다."라는 말이 나에게서 이루어지고 있었다. 하나님께서 거짓말로 한 내 말을 들으시고 축복으로 이루어주셨던 것이었다.

거짓말이 현실이 되어 뜻하지 않았던 딸이 아닌 셋째 아들이 탄생을 하게 되었다. 셋째 아들의 탄생으로 시부모님께서는 외동아들에게서 손자를 셋이나 얻으시니 세상 부러운 것이 없다고 하시며 덩실덩실 춤을 추시고, 기쁨을 감추지 못하셨다. 하나님께서 주시는 무한정의 축복에 감사드리며 나는 삼 형제 아들을 가진 엄마가 되었다.

둘째 아들이 19살 생일을 맞이했을 때 일을 하러 다녔던 때라 바빠서인지 생일 미역국도 끓여주지 못하고, 간단히 손편지를 써주었던 것 같다. 추억으로 남은 글이라서 옮겨놓는다.

“내 아들 둘째 귀요미 하늘 민 소년기 딱지 떼는 19번째 생일을 축하한다. 꼬맹이였던 때가 엊그제 같은데 어느새 소년기 딱지 떼는 청년이 되었네, 건강하고 씩씩하고 멋지게 자라줘서 고맙고 감사한다. 항상 좋은 생각, 착한 마음, 바른 예절을 갖추고 멋지고 든든한 성인이 될 것이라고 믿는다. 기쁠 때나 힘들 때나 언제 어디서든 항상 아들 곁에서 지켜주는 엄마가 되어줄 거야.

최고 기쁜 탄생일인데 같이 있어 주지 못해 마음이 짠하다. 미역국은 저녁에 일 마치고 와서 끓여줄게. 케이크도 사갖고 갈게. 다섯 식구 다 모여서 좋은 얘기 나누고 웃음꽃 피는 생일 축제의 시간으로 만들어줄 거야.

꿈이 있고 목표가 있어야 미래를 설계한다. 불필요한 생활로 무지 속에 천금 같은 시간을 보내면 안 된다. 믿음직스럽고 듬직한 버팀목이 되어줄 거라 믿는다. 형제간에 우애 있고 늘 사랑하고 올바른 정신과 믿음으로 잘 지내주어서 고맙고, 우리 집 삼돌이 멋지고 씩씩하게 자라주어서 엄마는 신난단다. 멋진 아빠가 항상 내 사랑 삼돌이를 지켜주어서 아무 걱정이 없단다.

내 사랑 둘째 아들 19번째 생일을 진심으로 축하한다. 일 마치고 집에 가서 꼭 꼭 한가득 안아줄게 기다려다오. 사랑해. 내 사랑 둘째 아가야.”

생일인데 같이 있어주지 못해서 마음이 아팠던 편지 내용인 것 같다. 떨어져 있음에도 자식을 향한 사랑하는 마음은 항상 곁에 있다고 느끼는 것이 부모의 마음인 것 같다.

손자 셋을 얻은 시아버님께서는 첫째 아들이 프랑스 영화배우 알랭 들롱을 닮았다고 하시며 첫째 아들을 좋아하는 여자 친구들이 집 앞에 줄을 서 있겠다는 우스갯소리를 하셨다. 첫 손자인 아들이 장가가는 것을 보고 돌아가실 거라고 염원하셨던 말씀을 못 이루시고, 지병으로 삼 형제 아이들이 어릴 때 영혼의 세계로 돌아가셨다. 살아생전에 손자 셋을 보시고 시아버님께서는 "내 인생의 최고의 선물"이라고 늘 말씀하셨었다. 하나님께서 눈에 보이지 않더라도 그것이 존재한다고 믿었던 믿음대로 삼 형제 아이들을 축복의 선물로 내게 안겨주셨다. 우주의 법칙을 아는 사람은 자신이 하나님의 자녀로서 무한한 능력을 갖고 있음을 확신의 믿음으로 갖고 있다.

09

믿음이 있으면
두려움도 없다

생각과 잠재의식은 우주와 연결된 파이프라인이다. 이 진리를 알고 구하는 사람은 그것이 무엇이든지 받게 된다. 아무리 큰 것일지라도 하나님의 시각에서 본다면 미미한 것에 지나지 않는다. 하나님은 언제나 자녀인 우리가 가장 좋은 것들만 받기를 원하신다. 생각과 잠재의식이 하나님과 통하는 우주의 파이프라인이라는 진리를 깨닫고 하는 기도는 즉각 실현된다. 무엇이든 진리 안에서 구하는 것은 얻게 된다. 이런 사람은 인생을 해피엔딩으로 살게 된다.

김도사 님의 저서 『100억 부자의 생각의 비밀 필사 노트』에서 이렇게 말한다.

"책을 쓰는 일은 평범한 사람이 성공자로 인정받을 수 있는 최고의 수단이다. 우리가 흔히들 알고 있는 유명인들은 하나 같이 책을 써서 자신의 이름을 알렸다. 이름이 유명해질수록 많은 기회를 누릴 수 있다. 그런 기회는 부와 명예를 끌어당기는 역할을 한다. 책 한 권을 써본 사람은 그 맛을 알기 때문에 계속 쓴다. 1년에 한두 권씩 꾸준히 책을 쓴다."

내 인생은 내 것이라고 생각하고 살아왔지만, 가족에게 맞추어 살아온 삶은 내 것이 아닌 삶을 살고 있었다. 이제는 자신이 진정으로 원하는 꿈을 다시 꾸고, 인생의 가치를 부여할 수 있는 삶을 살아야 할 때다. 한 번뿐인 인생을 가족의 눈치를 보며 지금까지 가족을 위해 살아왔다면, 또는 타인의 잣대에 맞추어 살아왔다면 지금부터는 나를 위해 한 번 살아보아야 한다.

평범한 의식 수준에서 의식을 뛰어넘은 초의식 수준으로 이동하려면 근본적인 변화가 필요하다. 이렇게 자신의 신성한 목적을 이루는 데 전념할 준비가 된 사람은 극히 드물다. 정말로 소원이 이루어지길 바란다면 이 땅에서 뭐든 될 수 있음에 대한 저항을 극복해야 한다.

가슴에 간직했던 꿈을 이루기 위해 지금 이 글을 쓰고 있다. 책을 쓰고 하나님과 함께 전국으로 강연을 다니는 작가가 될 것이다. 나는 이미 "유명한 베스트셀러 작가가 됐다."라고 상상하며 미래에 성공한 내 모습의 그림을 그려놓고, 성공자가 된 나로 확신을 갖고 그 모습이 현실이 되기까지의 길을 가고 있다.

이 과정에서 어떤 어려움이나 고난이 닥쳐온다 해도 나와 같이 하시는 하나님이 계시기에 한 치의 두려움도 내게는 있을 수 없다. 미래의 성공한 나를 이미 하나님께서 만들어놓으시고 기다리고 계시기에 포기하지 않고, 열심히 미래를 향해 최선을 다하며 달려가기만 하면 성공자의 나를 만날 수 있기 때문이다.

누구나 성공으로 가는 길은 쉽지 않다. '이것이 아니면 끝이다.'라는 절박

한 마음이 없다면 무슨 일을 하든 성공하기는 힘들다. 성공한 사람에게는 성공을 해야 하는 이유가 두 가지 있다. 첫 번째는 현재 상태에서 벗어나야 한다는 절박함이다. 두 번째는 무슨 일이 있어도 반드시 달성해야 한다는 간절함이다. 이 두 가지가 없다면 성공하기 어렵다. 왜냐하면 결심을 실천하고 계속해서 노력할 필요가 없기 때문이다. 다시 말하면 해도 그만이고 안 해도 그만이기에 죽을 만큼 노력하지 않는다. 죽을 만큼 노력하지 않는다면 성공과는 거리가 멀어질 수밖에 없다.

나는 그동안 시련과 역경을 겪었다. 나의 목표인 사업가가 되기 위해 노력했지만 부족했던 인내심 때문에 목전에서 포기해야 했다. 당시에는 최선을 다했다고 생각했지만 자신을 믿는 믿음이 없었기 때문에 두려웠던 것이다. 지금 생각해보면 다른 길로 갈 수 있었음에도 죽을 만큼 노력하지 않고 포기했던 것 같다. 앞으로 다가올 시련과 역경에 미리 겁을 먹고 꼬리를 내렸던 것이다. 나의 이상과 반대되는 현실 속에 안주하고 싶었기에 한계라는 변명을 스스로 만들었다.

한계라는 변명으로 현실에 안주한 나 자신을 채찍질하며 다시 일으켜 세워야 했다. 이제 생각을 바꿀 때가 되었다. 인생에서 내가 선택하고 결정하고 행동할 때가 된 것이다.

아래는 개인의 성취와 동기부여 분야에서 위대한 업적을 남긴 나폴레온 힐의 『놓치고 싶지 않은 꿈 나의 인생』이라는 책의 일부분이다.

"타인의 영향을 받은 것이든 스스로 만들어 낸 것이든 (중략) 마음으로부터 자신을 지켜야 하는 것은 당신 자신이며 그것은 변하지 않는다. 악마에 대처하기 위해 알아 두어야 할 것은 당신에게는 의지의 힘이 있다는 사실이다. 당신은 이 의지의 힘으로 마음속에 면역체를 구축해 두어야 한다. 인간은 누구나 자기 결점을 개선하는 것에 대해서는 본질적으로 나태하고 관대하다는 것을 알아 두어야 한다."

우리는 세상을 살아가면서 주변 사람들과 부딪히는 온갖 일들을 경험해야 하고, 헤쳐나가야 한다. 이때 남들이 쏟아내는 비판에 너무 민감하게 반응해 쓸데없이 에너지를 낭비하거나 인생을 포기하는 것은 어리석은 짓이다. 세상이 어떻게 생각하든 무슨 말을 하든 상관하지 않고 오직 자기의 꿈과 신념에 따른다면 쏟아지는 비판에 대해서도 여유롭게 대처할 수 있다. 사람과의 관계 속에서 살고 있지만 그래도 해야 할 일이 있다.

먼 훗날 '나는 누구였지?' 한다면 이미 때는 늦는다. 지금 이 순간부터라도 자신의 꿈과 목표를 가지고, 미래의 나를 상상하면서 자신만이 낼 수 있는 색깔과 빛을 뿜으며, 자신만의 인생을 한 번 살아보고자 해야 한다. 믿는 믿음이 있으면 그 어떤 두려움도 없기 때문이다.

남편이 조그만 사업을 시작할 때 대출을 받아서 투자를 했다가 부도가 나는 바람에 빚더미를 안고 파산하고 말았다. 그 이후 매일 아침이면 대부업자가 찾아와 빚 독촉을 했다. 나는 무서워서 어린아이들을 데리고 대부업자들이 찾아오기 전에 교회로 갔다. 한동안 교회는 피난처가 됐다.

하루는 막내를 등에 업고 울면서 한참을 기도를 하던 중 알지 못하는 중년의 남자 얼굴이 환영으로 비춰지며 내게 인사를 했다. 환영으로 보이는 모습은 한참을 보여주고 사라졌다. 나는 신기하기도 하고 너무 확실한 모습의 환영이 무슨 뜻인지 궁금해서 목사님께 말씀 드렸다. 목사님께서는 "자매님이 힘들어 하시는 일이 해결된 것 같다."라고 말씀을 해주셨다. 목사님의 말씀을 듣고 안도의 숨을 쉬었다. 곧 빚을 갚아낼 수 있다는 믿음이 생겼다. 비추어 보이는 환영의 뜻은 빚을 갚아줘서 고맙다고 인사를 한다는 뜻이라고 하셨다.

믿음을 가지고 있으니 집에 대부업자가 찾아와도 겁이 나지 않았다. 예사롭게 여겨졌다. 이른 아침부터 빚쟁이를 피하기 위해 어린아이들을 데리고 교회를 피난처로 삼아 우는 내 모습이 하나님께서 보시기에 가엾어서 축복을 주셨던 것이다.

그래도 내가 평안할 때는 하나님을 잊고 있었고, 힘이 들 때면 하나님을 찾았을 뿐 하나님은 항상 내 안에 계셨다. 내가 원한다고 금방 떨어뜨려 주시지는 않는다. 믿고 의심 없는 기다림이 필요하다. 하나님은 약속을 꼭 지키신다. 축복의 분량도 정해놓지 않으셨다. 하나님이 내게 주신 축복은 무한정이라는 것을 믿고 기다려야 한다. 나는 아무런 두려움이 없다. 하나님께서는 내 마음을 꿰뚫어 보시기라도 하신 듯이 훤히 알고 계셨다. 하나님을 믿는 믿음으로 두려움이 없는 삶을 살아갈 것이다.

교회는 나의 안식처가 되어주었고, 교회의 성도님들은 형제 자매님이 되어주셨다. 하나님은 나의 어려움을 아시고, 무엇이든 마음속으로 원하면 주변의 사람을 통해 채워주셨다. 하나님께서 내게 주신 축복은 내 삶의 전부다. 앞으로 내게 주실 축복 또한 두려움 한 점 없이 꿈을 향해 나아간다. 하나님을 믿는 믿음이 있기에 두려움이 없는 것이다. 축복을 받을 길을 향해 행동으로 실천하고 전진해간다. 욕망은 시련들을 극복하고 전진하도록 이끄는 동력이 된다. 그리고 마침내 성공이라는 정상에 도달하게 된다.

이 글을 쓰기 위해 만났던 〈한책협〉 김도사 님 또한 하나님의 특권을 부여 받은 분이시다. '나는 신이다.'라고 말씀하시는 김도사 님의 제자로 가는 길이 행복하다. 이미 모든 것은 다 이루었다고 믿는 믿음을 가지라고 말씀하신다.

4장

이제
나 자신에게 당당한
인생을 살겠다

01

엄마의 직업에서 벗어나라

“난 잠시 눈을 붙인 줄만 알았는데 벌써 늙어 있었고, 넌 항상 어린아이일 줄만 알았는데 벌써 어른이 다 되었고.”

〈엄마가 딸에게〉라는 노래의 가사이다.

언제까지나 아이일 줄 알았는데 눈 감았다 뜨니 사춘기를 겪었고, 또 눈을 감았다 뜨니 어른이 되어 있다. 나이가 들면서 어른 스러워지는 점도 있겠지만 어쩔 때보면 철부지 같기만 하다. 나이는 나만 먹는 것 같은데, 종종 아이의 나이를 들으면 깜짝깜짝 놀라기도 한다. 아이들은 놀랄 만큼 빨리 자란다.

첫째, 둘째 아들이 군 생활을 마치고 전역을 했다. 오랜만에 다섯 식구가 모두 모여 집 안은 떠들썩한 분위기로 행복한 가족의 모습이다. 남자가 넷이다 보니 식사를 준비해야 하는 나는 한 끼니의 식사만을 준비하는 과정에도 많은 양의 음식을 만들어내느라 주방에서 기본 두세 시간을 보내야 했다. 식사를 마치고 나면 반찬 정리와 설거지 등으로 뒤처리까지 하고 나면 피로가 몰려와 다른 일은 미뤘다 해야 했다. 네 부자가 벗어놓은 빨랫감도 많아서 하루가 멀다시피 세탁기를 돌려야 하고, 집안 청소 등으로 종일 집안일을 해도 끝이 나지 않는다. 남편이나 삼 형제 아이들에게 집안일을 분담시켜야 하는데 엄마라는 이유로 혼자서 다하려니 힘들 수밖에 없었다.

전역한 두 아들은 설거지를 직접 할 거라며 싱크대 안에 그릇을 모아놓는다. 아들이 설거지를 하는 모습이 안쓰러워 설거지마저도 시키지 못한다. 군대 생활하느라고 고생했으니 당분간이라도 푹 쉬라면서 도움 주려는 손길을 뿌리친다. 이런 나를 보고 아들은 말한다.

"엄마는 고생을 사서 한다."

맞는 말이다. 힘들어하면서 왜 모든 일을 혼자 다 하려고 고집을 부려야 하는지 말이다. 솔직한 심정은 집안일에서 벗어나고 싶다. 청소하는 엄마, 밥 짓는 엄마, 빨래, 시장 봐오기 등등에서 진심으로 탈피하고 싶다. 하루에 끼니를 두 번만 챙겨도 열 사람 몫을 준비해야 하니 힘이 안 든다고 말하면 속보이는 거짓말이 되는 것이다.

일을 하러 가는 날은 아침 일찍 잠에서 깨어 네 부자가 저녁까지 먹을 음식을 준비해놓고 집 안 청소까지 마무리를 하고 출근을 한다. 일을 마치고 돌아오면 물 먹은 솜처럼 피곤한 몸으로 세탁기를 돌리고 내일 아침 준비와 집 안 정리를 하고 나면 새벽 두시 가까이 되어서 잠자리에 들곤 했다.

잠자리에 들면서 언제까지 고단한 삶을 살아가야 하는 것인지 자신에게 반문하며 지냈다. 내 자신은 피폐해졌고, 하루라도 빨리 엄마의 직업에서 벗어나서 성공자의 삶으로 살 것이라고 나 자신에게 주입을 시키곤 했다. 하나님께 당부의 기도를 드렸다. 힘든 일을 그만하고 내가 하고 싶은 일을 하면서 성공할 수 있게 해달라고 했다.

그렇게 기도하고 바랐던 일이 내가 가야 할 길을 눈으로 보게 하셨다. 〈한책협〉 김도사 님의 유튜브를 접할 수 있는 기회를 주셨다. 난 이것을 우연의 일치라고 생각하지 않는다. 분명히 나는 하나님께 수없이 말했었다. 힘든 육체적 노동이 아닌 내가 하고 싶은 일을 하며 엄마의 직업에서 벗어나게 해달라고 간절히 기도 드렸다. 하나님은 듣고 계셨고 내가 가장 원했고 꿈꾸었던 작가의 길을 갈 수 있게 내 앞에 펼쳐주셨다.

작가의 길에 도전하고 실행하면서 늘 하던 일이 아니다 보니 새로운 변화의 길에서 또 다른 어려움에 포기하고 싶은 마음이 순간순간 찾아와 나를 주저앉히려 했다. 포기하면 예전의 나로 돌아가 살아야 하고, 끝내는 후회하는 인생을 살게 될 것이다. 자신과의 싸움을 해야 했다. 하고 싶은 일을 하고 후회를 할 것인지, 하고 싶은 일을 하지 않고 후회를 할 것인지. 결론은 내가 하고 싶은 일을 하는 미래는 아직 내가 겪어보지 않았으니 후회를 할지 안 할지는 모르는 일이다.

나는 하나님을 믿는다. 내 앞날은 하나님이 미리 준비해놓고 계신다. 나의 길을 열어놓으셨고, 그 길을 포기하지 않고 실행해 나아가는 길이 성공의 길이다. 나의 능력은 무한정이다. 하고자 하면 이루고 싶은 모든 것을 이루어낼 수 있는 것이다. 하나님은 내 꿈을 알고 계신다. 나 하기에 따라서 가진 꿈에 무한정으로 축복을 주신다. 지나온 세월 동안 하나님은 내가 원했던 것의 몇 배가 되는 축복을 주셨다.

마음으로 새기고 말을 하면 반드시 이루어진다. 나는 멀지 않은 미래에 엄마에서 벗어나 작가의 직업을 갖게 될 것이다. 기다림의 시간이 필요하고, 소원하는 꿈을 이루기 위해 행동이 따르는 실천이 있어야 한다.

이시영 시인의 「성장」이라는 시의 일부를 나눠볼까 한다.

"바다가 가까워지자 어린 강물은 엄마 손을 더욱 꼭 그러쥔 채 놓지 않았습니다. 그러다가 그만 거대한 파도의 배 속으로 뛰어드는 꿈을 꾸다 엄마 손을 아득히 놓치고 말았습니다. 그래 잘 가거라 내 아들아 이제부터는 크고 다른 삶을 살아야 된단다. (후략)”

– 이시영, 「성장」, 『은빛 호각』, 창비, 2003.

이랬어야 하지 않았나. 손을 꼭 잡은 채 한순간도 놓지 않으며 돌보던 우리 아이, 눈에 넣어도 아프지 않던 우리 아이, 그러다가 어느 순간 ‘그래 잘 가거라 내 아들, 내 딸아.’ 하며 이제부터는 너의 삶을 살라고 품을 떠나가는 아이를 흐뭇하게 바라보다가 속울음을 삼키며 단호히 돌아서야 하는 것. 자녀의 올곧은 성장을 위해 돌봄과 기다림과 떠남의 과정까지 감당해야 하는 것이 부모의 몫 아니었을까. 흐르는 강물처럼 말이다. 그러면 어린 강물은 기억할 것이다.

‘엄마는 참 좋은 엄마였어요. 아빠를 존경해요.’

가족은 인생의 가장 큰 선물이다. 내 삶의 시작이고 완성품이며 서로의 실수와 실패를 받아주고 사랑을 배우고 가르치는 최초의 학교인 것이다. 천국은 꼭 하늘에만 있는 것이 아니고, 천국은 마음에 있고 얼마든지 만들어갈 수 있다. 힘이 들 때 다섯 식구가 다 모여 대화를 나누다 보면 꽃보다 더 빛이 나는 행복을 준다. 행복도 아름다운 마음과 사랑으로 자기 자신을 만들어가는 것이라 믿는다.

엄마라는 직업은 위대한 직업이다. 그러나 한 번뿐인 인생으로 태어나 엄마의 직업으로만 살아간다면 나 자신의 인생은 묻고 살아가게 되는 것이다. 한 살이라도 젊을 때 내가 원하는 직업을 갖고 싶은 것이다.

이제부터는 나는 달라지려고 한다. 엄마의 직업에서 벗어나 작가의 직업으로 전환시켜가기 위해 최선을 다하여 도전을 하고 있다. 내 인생을 살고자 하는 것이다. 남들이 뭐라 하든 신경 쓰지 않을 것이다. 부정의 단어들을 날려버리고 새로운 도전을 시작한다. 지나온 과거를 돌아보지 않고 후회하지 않을 것이다. 과거에 얽매이지 않고 현재를 살기 위해 노력할 것이다.

꿈을 꾸며 사는 인생은 행복하다. 내가 내 힘으로 설 수 있을 때 엄마의 직업에서 벗어나야 한다. 내 의지로 내 꿈을 이루어낼 것이며, 틀에 박힌 삶 속에서 탈피하여 발전해나가는 나를 만들어갈 것이다. 삼 형제 아이들에게 존경받는 엄마의 인생 2막을 살아갈 것이다. 세상을 함께 살아갈 수 있는 가족이 있어 삶의 의미와 행복을 준다.

02

인생의 주인공으로 살아라

세상의 모든 일은 말하는 대로 이루어진다. 정성스럽게 말해야 한다. 원하고자 하는 기도 또한 말이다. 천지를 창조하신 하나님께서도 말로써 이루었다. 흥하는 가정 또한 사용하는 말부터 다르다고 한다. 흥하는 말이 흥하는 가정을 만든다고 한다.

부모님 곁을 20대 초반에 떠나 부산이라는 타지에서 살아오면서 많은 시련을 겪어야 했고, 경제적인 사정으로 절망적일 때도 많았지만 희망을 잃지 않았기에 오늘에 이르렀다고 생각한다. 슬픈 일도 많았고, 기쁜 일도 많았다. 살아온 날들을 후회한 적도 많았다. 그래도 지금에 감사하고 행복하다. 책을 쓰며 작가로서 내가 인생의 주인공으로 살아갈 꿈을 꾸니 신이 나고 얼마나 행복한지 모른다.

사람은 누구나 태어나면서 부모의 보호 아래 살아간다. 청년기가 되어 세상으로 나와 직장을 다니고 가정이라는 울타리 안에서 다람쥐 쳇바퀴 돌 듯이 살아왔다. 자신을 돌아볼 시간도 없이 살아왔다고 하면 어쩌면 핑계일지 모른다. 시간이 없었던 것이 아니라 아예 돌아볼 생각조차 못 하며 살아왔던 것이다. 꿈을 꾸고 목표를 세우고 인생의 주인공으로 하고 싶은 일을 하며 살아보겠다고 마음먹기 쉽지 않았던 일을 삶의 방향을 바꾸어 내 인생은 내가 주인공이 된 삶을 살아갈 것이다.

나는 세상을 살아오면서 많은 사람들에게 도움을 받았고, 또 도움을 주면서 살아왔다. 나와 함께해줄 가족이 있어 행복하다. 앞으로도 누군가에게 도움이 되는 삶을 살아야겠다고 다짐해본다.

"저는 어렸을 때는 세상을 혼자 사는 것인 줄 알았습니다. 나이를 먹고 오지를 달리면 달릴수록 세상은 함께 사는 곳이라는 것을 알게 되었습니다. 여러분에게 묻고 싶습니다. 여러분의 인생에 있어 어떤 일을 할 때 함께 하는 인생의 동반자, 파트너가 있으신가요? 저는 인생의 동반자이자 파트너를 만났습니다. 바로 경수형이 있습니다. 그래서 너무 행복합니다. 여러분은 어떠신가요?"

'사하라에서 남극까지 4000km 달리기 여행'이란 부제가 붙은 『하이 크레이지』의 저자인 오지 레이서 유지성 씨가 〈세바시〉에서 한 이야기다. 이처럼 사람들과의 인맥을 쌓으며 살아간다. 곁에 있는 가족이 있어 행복하고 진심을 나눌 수 있는 친구가 있다면 더없이 행복한 인생을 살아온 것이다.

나의 막내아들은 고등학교 3학년이다. 실업계 고등학생인 막내아들은 요즘 고민이 많다. 병역특례를 받기 위해 현장실습으로 전자제품 회사를 가야 하기 때문이다. 코로나19 탓으로 미뤄졌던 현장실습이 코로나19가 완화되면서 며칠 후면 가야 된다는 결정이 났다. 전자제품 회사로 가야 한다는 생각에 걱정이 되어 잠도 제대로 못 이루며 고민을 하고 있는 것이다. 곧 고등학교를 졸업하면 사회로 나가야 하는 길목에서 어떤 방향의 길을 선택해야 하는지에 대한 고민이 많은 시기인 것이다.

그러고 있는 막내아들에게 자신의 인생의 주인공은 바로 자기 자신이라고 말해준다. 자신의 인생은 자신 스스로 가야 하고, 자신이 만들어가는 것이며, 너의 선택과 실행에 따라 미래의 인생이 결정되는 것이라고 말해준다. 인생의 가장 중요한 시작점에 와 있는 막내아들에게 부모로서 조언도 많이 해주지만, 결정을 하고 실행하는 것은 본인 자신의 몫이니 만큼 신중히 결정하고 선택할 것이라고 믿는다.

첫째와 둘째 아들도 군복무를 마치고 전역을 한 상태여서 지켜보는 부모의 마음보다 아들들의 마음이 더 많은 고민을 하고 있는 것으로 보인다. 어떤 형태로 사회의 일꾼이 되려는지 각자의 생각이 많을 것이다. 나는 아들들에게 말해준다. 처음 시작이 가장 중요하다고 자신이 하고 싶은 일을 하며, 자신이 하는 일에 주인공이 되는 삶을 살아가주길 바란다고 말한다.

자기 분야에서 최고가 될 수 있도록 목숨을 걸어야 한다. 정상에 선다면 부와 명예 등 원하는 것을 다 가질 수 있다. 무엇보다 최고가 되었을 때 이루 말할 수 없는 자부심과 긍지를 가지게 된다. 물론 "최고가 되고 싶지만 아무나 되는 것은 아니잖아요."라고 말하는 사람도 있을 것이다. 하지만 목숨을 걸지 않기 때문에 안 되는 것이다. 목숨 걸고 노력한 끝에 성공한 사람이 있다. 대우중공업 사환으로 시작해 23년 만에 초정밀 분야에서 우리나라 최고의 명장이 된 김규환이다. 그는 이렇게 말한다.

"목숨 걸고 노력하면 안 되는 것이 없습니다. 목숨을 거십시오. 내가 하는 분야에서 아무도 다가올 수 없을 정도로 정상에 오르면 돈이 문제가 아닙니다. 내가 정상에 서면 길가에 핀 꽃도 다 돈입니다."

김규환은 초등학교 졸업의 학력으로 1975년 대우중공업에 입사해 하루 3시간 이상 자본 날이 없을 정도로 치열하게 살았다. 그 결과 국가기술자격증 시험에 도전해 9전 10기 끝에 2급 자격증을, 4전 5기 끝에 1급 자격증을 획득하는 등 총 8개의 자격증을 땄다. 그는 사람들에게 "목숨 걸고 노력하면 안 되는 것이 없다."라고 말한다. 스스로가 그런 자세로 성공했기에 사람들에게 당당하게 그렇게 말할 수 있는 것이다. 그는 언젠가 이런 말을 한 적이 있다.

"내가 아무리 초등학교도 제대로 못 나왔다지만, 생각해보이소, 1년 가야 책 한 권 제대로 안 읽는 놈이 이기겠나, 하루에 7시간 씩 책 읽는 놈이 이기겠나, 당연히 책 읽는 놈이 이기는기라니까요."

김규환은 대우중공업에 사환으로 입사한 뒤 기계사용설명서를 읽어야겠다고 마음먹은 순간부터 독서에 몰입했다. 그 후 기술 관련 서적, 자서전이나 위인전, 문학작품과 역사물을 비롯해 지금까지 1만여 권의 책을 읽었다. 그는 그런 지독한 노력을 바탕으로 지금까지 2만 4,612건의 제안을 냈으며, 수입에 의존하던 62개의 초정밀 부품이 들어가는 기계를 국산화하는데 기여했다. 현재 그는 대학교 졸업을 했는가 하면, 5개의 언어를 구사하며 수많은 기업체와 교육기관 초빙 1순위 강사로 꼽히고 있다. 이렇게 김규환 명장처럼 뜨겁게 지독하게 노력한다면 분명 인생의 주인공으로 원하는 결과를 얻을 수 있다.

대우중공업 김규환 명장은 우리나라에서 1급 자격증 최다 보유자가 됐고, 이렇게 된 비결은 목숨 걸고 노력하면 안 되는 것이 없다는 생활신조 덕분이라고 말한다. 진급, 돈 버는 것은 자기 노력에 달려 있고, 자신이 하고 있는 일에 목숨 걸고 노력한다면 불가능한 일은 없다. 김규환 명장처럼 뜨겁게, 지독하게 노력한다면 분명 원하는 결과를 얻을 수 있다.

하버드 대학교에서는 이렇게 가르친다고 한다.

"사람은 모두 무한한 잠재력을 가지고 있으며, 깨어나기를 기다리고 있다. 잠들어 있던 잠재력이 깨어나면 기적이 일어날 것이다."

연구에 따르면, 일반적으로 사람들은 잠재력의 10분의 1만 활용할 뿐이라고 한다. 대부분의 잠재력은 잠들어 있으며, 심지어 영원히 깨어나지 못할 수도 있다. 숨어 있는 진정한 자아를 발견하고, 무궁무진한 잠재력을 깨워야 한다.

나는 무한한 잠재력을 잠에서 깨워 진정한 자아를 발견하여 자신을 창조하는 창조자가 될 것이다. 창조하는 삶의 길을 이루어낼 것이며, 비로소 내 인생의 주인공으로 성공자의 삶을 살 것이다. 하루 종일 쳐다보고 생각하고 또 생각하면 해답이 나온다는 김규환 명장의 말을 떠올려본다.

03

힘든 삶이 나의 자산이다

자신의 인생을 책임질 수 있는 사람은 오직 자기 자신뿐이다. 자신이 원하는 대로 더 좋은 인생을 살 권리를 가지고 있다. 자신의 삶의 주인공으로서 어떤 일이든 책임지며 선택할 때 비로소 자신의 삶을 더 발전시킬 수 있는 것이다. 자신의 삶을 변화시킬 수 있는 유일한 사람이 자신뿐이라고 자연스럽게 받아들이는 순간이 바로 새로운 삶이 시작되는 시작점이 될 것이다.

50대 중반을 넘어가면서 지난날 고생하며 살았던 때를 떠올려보려 하니 가슴이 먹먹해져 온다. 세 살짜리 막내아들을 등에 업고 가사 도우미 일을 하면서 생계를 꾸렸던 날들은 결코 잊히지 않는 시련의 아픈 기억을 남겨두었다. 왜 그리도 모진 삶을 살아야 했는지 서러움에 우는 날도 많았다. 아이를 등에 업고 가사 도우미 일을 하니 허리는 끊어질 듯이 아파왔고, 고통을 감추며 몇 푼의 돈을 벌기 위해 일을 해야 했다. 처음으로 가사 도우미 일을 했던 것이 일을 하기 위한 시작점이 되었던 것이었다.

그 이후 19개월 된 막내아들을 어린이집에 맡기고 식당일을 하러 다녔었다. 모유를 먹었던 아이를 품에서 떼어 낯선 곳에, 낯선 사람에게 맡겨야 했다. 아이를 업은 포대기를 풀어 선생님께서 안으려고 하면 떨어지지 않으려고 몸부림치며 울어댔다. 흐르는 눈물을 감추려고 하늘을 올려다보며 출근길을 걸어가야 했다.

처음 해보는 식당일은 하루의 절반을 넘는 시간을 무거운 음식을 들고 나르고 걸어야 하는 일이었다. 그러다 보니 다리와 발바닥이 아파서 물파스를 발라가며 일을 해야 했다. 일을 마치고 돌아오는 길은 버스비를 아끼려고 걸어와야 했었다. 엄마의 보살핌이 가장 필요했던 때에 어린 삼 형제 아이들은 엄마의 보살핌도 없이 잠을 자고 있었다.

지금 그때의 날들을 생각하면 '어떻게 그렇게 힘든 삶을 살아왔을까?' 하는 의문이 생긴다. 어린이집 안에서 몸부림치면서 울던 아이의 모습은 영원히 잊히지 않을 아픔으로 남아 있다. 막내아들을 보면 아픈 기억 때문에 안쓰러워 잘 해주고 싶은 마음이 든다. 슈퍼마켓이나, 백화점 어디를 가도 막내 줄 것을 항상 먼저 챙기게 된다.

부산에는 한겨울이 되어도 눈이 거의 내리지 않는다. 바다가 있고 그리 춥지 않은 탓인지 눈 구경하기가 힘든 부산의 겨울 날씨다. 그러던 날씨가 2005년 겨울 어느 날, 눈이 펑펑 쏟아졌다. 눈사람을 만들 만큼 눈이 쌓였다. 태어나서 처음으로 보는 눈으로 삼 형제 아이들은 신이 나서 눈사람을 만들고 손을 호호 불어가며 눈을 뭉쳐 눈싸움을 하고 미끄럼을 타며 눈꽃 축제를 만끽하며 마냥 즐거워했다.

하늘의 축복으로 내린 눈은 즐거움을 주었지만 눈 내린 이튿 날 어린 두 아들의 걷는 걸음과 막내 아이를 등에 업은 내 발걸음을 힘들게 했다. 어린이집을 가는 길이 오르막길이어서 미끄러운 길을 엉금엉금 기어서 오르려 해도 많이 내린 눈으로 미끄럼틀 길이 되어버려 도저히 오르막길을 걸어 올라갈 수가 없었다. 한참을 오르막길을 올라가려고 시도를 해보다가 올라갈 수가 없어서 먼 길을 돌아서 어린이집을 가야 했다. 그렇게 어렵게 어린이집에 아이들을 맡겨놓고 늦은 출근길을 걸어가야 했다.

삼 형제 아이들 기억 속에 처음으로 본 하얀 눈 선물이 한편으로는 아픈 추억이 되었다. 성인이 된 지금도 한 번씩 그날의 이야기를 하면 가슴 아픈 기억으로 남아 있다고 한다. 실제로 체험한 아픈 시간들이 밑거름이 되어 살아가면서 큰 시련들이 온다 해도 두려움 없이 당당하게 헤쳐나갈 수 있는 큰 자산이 되어주었다. 많은 시련으로 아파하면서도 꿋꿋하게 살아온 내 자신에게 칭찬을 해준다. 잘 견디며 잘 살아왔다고 박수를 쳐줄 만도 하다고 자신에게 말한다.

한정식을 하는 식당에서 부주의로 뜨거운 육수를 팔과 손, 다리에 집중적으로 쏟아부어 화상을 입고 한 달간을 병원에 입원한 적이 있었다. 엄마와 아내가 없는 네 부자의 집안 살림은 말 그대로 수난을 겪어야 했다. 밥을 한 번도 지어본 적이 없고, 세탁기에 빨래 한 번도 해보지 않았던 네 부자는 끼니를 때워야 하는 어려움에 매일매일 전쟁과도 같은 식사 준비를 하느라 난리들이었다. 그때의 나는 없어서는 안 되는 존재의 영웅이 되었다. 네 부자가 나 없이 스스로 살림을 할 수 있었던 큰 자산이 되어주었다.

첫째, 둘째아들이 고등학교 시절 으스대며 탔던 오토바이 교통사고로 큰 충격을 입어 두 번 다시 오토바이를 타지 않는다. 그때의 뒷감당을 하느라고 잠도 제대로 못 자며 일을 해야 했고, 남편이 알면 집안이 시끄러울 것이 걱정되어 혼자서 경찰서와 법원을 드나들며 사고처리를 해야 했었다. 큰 교통사고를 당했음에도 크게 부상을 입지 않고 살아 있어서 하나님께 감사를 드린다.

남자아이가 셋인 나는 한시도 마음 편한 날이 없었다. 다니는 학교에서는 커가는 과정이라서인지 사흘이 멀다 하고 사고를 쳐서 불려가야 했다. 학교에서나 경찰서, 지구대에 힘이 센 아들을 둔 덕으로 본의 아니게 유명세를 타기도 했다. 이렇게 두 아들은 화려한 사춘기 시절을 보냈다. 발 넓게 주름

잡고 으스대며 보냈던 시절 또한 군복무를 무사히 마칠 수 있는 큰 자산이 되어주었던 것이다.

배우 박신양이 텔레비전 프로그램에 나와서 다음과 같이 말했다.

"힘들면 우리 인생이 아닌가요? 어려운 일이 오면 저도 그랬습니다. 러시아에 갔는데 첫해가 너무 힘들었어요. 러시아 선생님한테 말을 배워서 무슨 말을 했냐면 '선생님, 나는 왜 이렇게 힘든가요?'라는 말을 계속한 것 같아요. 그 선생님이 시집을 하나 주셨는데 무슨 말이냐면, '당신의 인생이 왜 힘들지 않아야 한다고 생각하십니까?'라는 말이었어요.

저는 깜짝 놀랐어요. 그런 얘기를 들어본 적이 없었어요. '우리의 인생은 행복하고 힘들지 않아야 한다.'라는 생각이 언제서부터 있었죠. 힘들면 우리 인생이 아닌가요? 그런데 잘 생각해보게 되었어요. 힘들 때와 힘들지 않을 때가 얼마만큼 있지? 거의 50%인 것 같아요. 좀 더 생각해보면 즐거울 때보다 힘들 때가 더 많을 것 같아요. 그런데 그 힘든 시간들을 사랑하지 않는다는 뜻이 되어 힘든 시간을 사랑할 줄 아는 방법을 알게 된다면 좋을 것 같아요. 당신이 가장 힘든 시간까지 사랑하는 방법을 배우세요."

나는 큰 감동을 받아서 수첩에 내용을 적었다. 행복하기만 원하는 나의 모습에서 어렵고 힘든 순간까지도 사랑할 줄 아는 자산이 되어주었다.

지금까지 살아오면서 많은 빚을 져서 신용 불량자로 전락하기도 하였고, 힘들었던 식당 운영과 단란주점 노래방 운영으로 낮과 밤을 바꿔서 생활을 해야 했던 날들도 있었다. 15년간을 식당일을 하면서 가족과 같이 어려움을 극복하는 날들이 지금에 와서는 큰 자산이 되어주었다. 힘들게 살아왔던 날들이 단단한 디딤돌이 되어 어떤 어려움이 밀려온다 해도 한 점의 두려움 없이 이겨나갈 힘이 되어주었다. 삼 형제 아이들에게도 어려웠던 가정 환경에서 자라온 날들이 살아가는 데 큰 자산이 되어줄 것이다.

04

어두운 곳의 빛이 되는 사람이 되라

아침에 잠에서 깨어 대충 나 자신을 정리하고 네 부자의 식사를 준비하기 시작했다. 군복무를 마치고 전역한 첫째와 둘째 아들 전역 기념으로 휴일을 맞이하여 다섯 식구가 다 모인 자리여서 잔칫상과도 같은 음식을 준비했다. 토종닭 두 마리를 사와서 몸집이 큰 닭이라 압력솥에 두 번을 나누어 닭백숙을 했다. 식탁에 둘러앉은 네 부자는 큰 덩치로 토종닭 두 마리를 한 그릇씩 나누어 먹으며 즐거운 담소를 나눈다. 군복무 중에 겪었던 이야기로 웃음꽃이 활짝 핀 전역 기념 축복을 나누었다.

식사를 마치고 TV를 보던 중 멀리 해외의 불우한 이웃이 도움이 요청하는 화면이 나왔다. 삼 형제 아이들은 배부르게 음식을 먹은 상태에서 먹을 것을 못 먹어 앙상한 뼈만 남은 모습으로 도움을 바라는 TV 속 난민들이 불쌍하고 안타깝다고 말을 한다.

나는 이런 말을 했다. 어떻게 하면 저렇게 불쌍한 난민을 도와줄 수가 있을까? 물론 돈을 보내주면 되는 일이라고 아이들은 말을 했다. TV를 볼 때마다 빠지지 않고 나오는 불우한 해외 난민이나 국내에 있는 불우한 이웃이 도움을 요청하는 화면이 나오면 마음이 아파 수시로 1만 원에서 3만 원씩 돈을 보내주곤 한다.

나는 아이들 앞에서 꼭 돈이 많이 있어서 도움의 손길을 주는 것이 아니고 마음이 앞서 간다면 얼마든지 도와줄 수 있다고 말한다. 커피 한 잔 덜 먹고 외식 한 번 덜하며 아껴 쓴 돈으로 불우한 이웃을 도와주라고 권유를 한다. 지금의 나는 도움의 손길을 많이는 베풀지 못한다. 그렇지만 앞으로 좀 더 나은 삶을 살게 되면 불우한 이웃에게 많은 도움을 베풀어줄 것이다.

나는 충북 괴산군이 고향으로 주변이 산골짜기로 이루어진 시골에서 태어났다. 나의 아버지께서는 젊으셨을 때 일본에 징용을 갔다 오셨다고 한다. 그때가 추운 겨울이었는데 강제로 끌려 가신 징용이였기에 편안히 계시지를 못하고 추위에 떨며 잠을 자고, 몸을 보호하지를 못하셔서 징용에서 풀려나오신 이후부터 깊은 해수천식염을 앓으셨다. 그럼에도 그때는 약을 쓸 수도 없으셨던 것 같다.

밤새 잠 못 이루시고 콜록콜록 깊은 천식 기침을 하시는 아버지께 할머니와 어머니는 좋다는 천연 약 재료를 구입해 밤낮으로 약탕기에 달여서 드리곤 하셨다. 나는 아침에 자고 일어나면 어머니가 주시는 철사로 손잡이를 엮은 주전자를 들고 벼 잎사귀에 내린 아침 이슬을 손으로 훑어내려 주전자에 모아서 담아 오곤 했다. 벼 잎사귀에 맺힌 이슬이 해수천식에 좋다고 하셔서 주전자에 받아다 드렸던 것이다.

초등학교에 입학할 무렵 청주로 나오신 아버지는 천식 기침을 달고 사시면서도 직장을 찾아 일을 하셔야 했다. 아버지의 머리맡에는 항상 약봉지가 쌓여 있었고 하루도 약 없이는 못 견딜 만큼 기침을 하셨다. 지금 생각해보면 가난이라는 형편 때문에 병원을 가실 생각조차도 못 하시고 임시 진통제 역할뿐인 약국의 약으로만 버텨내셨던 것이다. 모진 세월을 아버지께서는 애끓는 천식 기침으로 고통을 겪으시며 사셨다.

간혹 감기에 걸려서 기침하는 것만으로도 참기 힘든데, 아버지께서는 평생 천식 기침을 달고 사셔야 하셨으니 그 고통이 얼마나 심하셨겠는가? 지금 살아계신다면 당장 병원으로 모시고 가서 치료를 받으시도록 해드렸을 텐데 불쌍하신 아버지께서는 돌아가시는 그날까지 가슴을 찢는 기침을 하시며 생을 마감하셨다.

기침이 나서 잠도 제대로 못 이루시고 일어나 앉으셔서 기침을 하시는 소리에 철부지였던 나는 기침소리에 잠을 못 자겠다고 투정을 부리곤 했었다. 창자가 끊어질 듯한 아픔으로 기침을 하시는 아버지의 기침소리에 잠을 못 잔다는 철부지 자식의 말에 얼마나 깊은 한숨을 지으셨을까? 돌아가신 뒤에 땅을 치고 후회해본들 다시는 볼 수 없는 아버지께 불효자식을 용서해 달라고 사죄드릴 수밖에 없는 못난 딸이 되었다.

부모님을 앞서서 생을 마쳐야 했던 하나뿐이었던 나의 언니는 꽃다운 24살의 청춘의 몸으로 생과의 이별을 해야 했다. 모든 것이 가난이 불러온 아픔이었다. 시골에 살 때부터 알게 모르게 아파 온 언니는 날이 갈수록 얼굴이 창백하고 수척해져 갔다. 그런 몸으로 청주로 이사를 한 뒤에 부모님이 알고 있는 한약방에서 약을 지어서 먹고 있던 중에 목숨을 잃었다. 허가 없이 한약을 파는 사람이 처방해준 약이 언니의 병과 맞지를 않아 부작용으로 결국은 목숨을 빼앗아갔던 것이다.

그 이후 알게 된 언니의 병은 만성신장염이었다. 무지의 부모님을 만나 짧은 생애의 삶을 살고 펴보지도 못한 꽃봉우리의 청춘의 몸으로 세상과의 이별을 했던 것이다.

시골에 살 때 아래채의 집을 황토흙으로 고쳐서 다시 지어놓고 황토를 말리기 위해 아궁이에 나무를 넣고 불을 지펴서 밤새 말리려고 했던 것이 화력이 높아지면서 집 전체로 불이 붙어 큰불이 났을 때 언니는 위채에서 잠을 자다가 깨어서 큰불이 난 것을 보고 크게 놀랐다고 했다.

그 이후부터 언니는 시름시름 아파왔고 잠을 자다가도 벌떡 벌떡 일어나곤 했었다. 큰불이 난 것을 보고 놀랐던 가슴을 다스려주지를 못해 충격으로 몸에 병이 들어가고 있었던 것이다. 좀 더 현명한 부모님을 만났더라면 얼마든지 고칠 수 있는 병을 제대로 치료 한 번도 받지 못하고 세상과의 이별을 했던 것이다.

이제 와서 무엇을 탓하겠는가. 지혜롭지 못한 부모님을 만났고, 가난이라는 이유 때문에 아버지와 언니를 잃어야 했다. 두 번 다시는 가슴에 뿌리 깊게 남겨야 하는 아픔은 겪지 않을 것이다. 또한 불우하게 살고 있는 사람들에게 한 줄기 빛이 되는 사람으로 살아갈 것이라고 다짐을 한다.

아픈 삶의 기억들을 떠올려보니 슬픔이 올라온다. 잊지 않고 기억 속에 잠재해 있었다는 것에 나 자신이 놀랍다.

시골에 홀로 계시는 시어머님도 항상 걱정이 된다. 젊어서 많이 지었던 농사일을 하시느라 굽으신 허리로 걸음걸이도 불편하셔서 혹시나 걸으시다 넘어지셔서 다치실까 봐 멀리 떨어져 생활하는 나는 가끔 전화를 드려서 받지를 않으시면 불안감이 엄습한다. 곁에서 모셔드리지 못해 마음이 아파온다. 살기 바빠서 자주 찾아뵙지도 못한다고 이기적인 변명을 한다.

나의 부모님이나 시부모님 모두 가난한 형편으로 자식만을 위해 사시다 보니 당신의 몸은 병이 들어 아파도 자식에게 걱정을 끼칠까 봐 내색 한 번을 안 하신다. 나는 스스로 결심을 한다. 생전에 부모님 곁에서 모셔드려야 한다고 가슴에 새겨둔다.

나의 시야 안에 있는 불우한 이웃과 보이지 않는 어두운 곳에 있는 불우한 사람들에게 빛이 되어주는 사람으로 남아 있는 인생을 보낼 것이다. 나와 같이 가난으로 아버지와 언니를 잃은 아픔을 겪지 않도록 내가 할 수 있는 최선을 다하여 불우한 이웃에게 도움을 주는 빛이 되는 사람으로 살아갈 것이다. 나를 비롯해 내 아이들도 어두운 곳에 빛이 되는 사람으로 살아가주길 바란다.

05

비 온 뒤에 무지개가 뜬다

나만의 성공의 목표를 그려놓고 첫걸음은 자신과의 대화이다. 대화를 나누기 위해서는 있는 그대로의 자기 자신을 존중하고 사랑해야 한다. 부족해 보이는 모습도 인정하기 싫은 모습도 모두 자기 자신의 모습이다. 이 세상에 단 하나뿐인 나를 그 모습 그대로 사랑하는 것이야 말로 삶의 성공을 향한 첫 시작임을 잊지 말아야 한다.

나의 초등학교 시절은 내가 살아온 인생 중에 가장 빛났던 시절로 기억

한다. 나는 옹골차고 똘똘한 아이였다. 1학년부터 6학년까지 우등상을 놓치지 않고 받았었다. 나의 초등학교 시절 때는 학년 말에 반에서 성적이 우수한 학생들에게 1등에서부터 10등까지 우등상을 준 것으로 기억한다. 시험 기간이 있을 때마다 밤늦은 시간까지 공부를 하며 반에서 거의 상급 수준의 우등생이었다. 집안에서도 가장 똑똑하고 공부 잘하는 딸로 기쁨을 주는 딸이었다. 반장, 부반장을 줄곧 맡아서 하기도 했다.

4학년이 되어서부터 웅변을 하였다. 우렁차고 똘망똘망한 모습으로 교단위에 올라서서 웅변을 할 때면 운동장에서 나의 웅변을 듣는 학생들은 숨죽여 들어줬고 큰 박수갈채를 보내주셨다. 담임 선생님은 이런 나를 지켜보시며 학생들이 몰두하도록 하는 매력이 있다고 하시며 칭찬을 아끼지 않으셨다. 6학년이 되었을 때 청주시의 초등학교 웅변대회에 참가하여 우수상을 받기도 했다.

6학년 학생들 중에 전교회장 부회장을 선출하는 대회에 부회장으로 선출되기 위해 운동장의 교단에서 나를 선출해 달라고 연설문을 낭독했다. 운동장에 모인 학생들 마음을 사로잡는 연설문으로 전교 학생들은 거의

다 나를 선출해줄 것 같았다. 나와 같이 부회장 후보에 오른 같은 6학년의 친구인 여학생 1명이 더 있었다. 초등학교 때 나는 키도 큰 편에 속했고, 공부도 잘하는 우등생으로 웅변 실력도 뛰어난 실력이여서 전교 학생들에게 가장 인기도가 높았었다. 이때에는 남학생이 전교회장을 맡았고, 전교부회장은 여학생이 맡아서 할 때였다.

연설문을 낭독한 이튿날 회장과 부회장 발표가 났는데 내가 아닌 친구 여학생이 부회장으로 선출됐다는 발표였다. 그 이유는 나는 가난한 부모를 가진 학생이었고, 친구인 여학생의 부모님은 부자셨기 때문이었다. 가난이라는 현실이 나의 앞길도 막아놓고 있었다.

어린 기억이었지만 공부하기도 싫었고, 학교에 가고 싶은 마음도 없었다. 이런 내 마음을 알아차리신 담임 선생님은 조용히 나를 불러 다독여주시며 용기를 잃지 않도록 두둔해주셨다. 선생님은 내가 왜 부회장으로 선출이 되지 못했는지를 알고 있으셨기에 나에게 용기와 희망을 잃지 말라고 조언을 해주셨던 것이다.

가난이라는 시련이 뛰어난 재능도 가로막는 무서운 형체라는 것을 어린 시절에 겪어본 나는 결코 가난뱅이의 삶은 살지 않을 것이라고 자신에게 다짐했다. 가난한 환경에서 자라온 탓으로 절약하는 습관이 몸에 익숙해졌고, 빚을 져서 빚쟁이의 고통을 절실히 느껴봤기에 빚쟁이에서 빠르게 벗어날 수 있었다. 두 번 다시 빚을 지는 일이 없는 삶을 살아왔다. 비 온 뒤에 땅이 굳고, 7개의 고운 무지개를 볼 수 있는 눈이 뜨인다는 것을 알게 되었다.

경험도 없이 시작했던 음식 장사를 하면서 사기를 당했던 경험과 많은 사람들을 상대해봤던 상황에서 사람을 보는 관찰력도 가질 수 있게 됐고, 그로 인해 더 이상 사람으로 인한 피해를 당하는 일을 겪지 않을 수 있었다. 밤과 낮을 바꾸어가며 노래방 운영을 하면서 출퇴근길을 걸으며 만났던 하나님의 은혜로 많은 축복을 얻은 삶을 살아오게 되었다.

고생만 하고 지나온 세월인 줄 알았는데 고생한 대가로 얻은 것이 내 삶에 모두 진열되어 있었다. 가장 귀중하고 값진 것은 하루에 절반 이상을 엄마의 자리를 비워놓은 환경에서도 반듯하게 잘 자라준 삼 형제 아이들이다. 고맙고 감사하다. 세상은 나의 희생을 그냥 지나쳐버리지 않았고 완성

된 나의 모습의 삶을 안겨주었다.

〈eeroun 컨설팅〉의 대표이자 집필, 강연, 코칭 등으로 많은 사람들의 멘토로 활동하고 있는 양지숙 작가의 저서인 『운이 따르게 하는 습관』에는 이런 글이 있다.

세기의 문호 톨스토이의 작품 중에 「세 가지 의문」이라는 단편이 있다. 한 왕이 인생에서 풀지 못한 세 가지 의문에 대한 답을 구하는 내용이다.

'모든 일에서 가장 적절한 시기는 언제일까?'
'어떤 인물이 가장 중요한 존재일까?'
'세상에서 가장 중요한 일은 무엇일까?'

왕은 국사를 행할 때마다 이 세 가지 의문 때문에 결정을 내리는 데 자신감이 없었다. 그래서 많은 사람들이 해답을 구했지만 답을 찾지 못했다. 급기야 왕은 산골의 성자를 찾아갔다. 그때 갑자기 숲속에서 피투성이가 된 청년이 달려 나왔다. 왕은 자신의 옷을 찢어 청년의 상처를 싸맨 뒤 정성껏 돌보아주었다. 알고 보니 그 청년은 왕에게 원한을 품고 있던 신하였다. 하지만 왕의 간호에 감격해 원한을 잊고 충성스런 신하가 되기로 맹세했다. 그 모습을 본 은자는 왕에게 세 가지 의문에 대한 답을 말해주었다.

"세상에서 제일 중요한 때는 바로 지금이고, 제일 중요한 존재는 지금 대하고 있는 사람이며, 제일 중요한 일은 그 사람에게 정성을 다해 사랑을 베푸는 것입니다. 우리는 지금 이 순간만을 지배하고 사용할 수 있기 때문이지요."

이처럼 자신이 존재하고 있는 이 순간을 소중하게 생각하고 곁에 있는 사람, 사물, 동물 등 자신을 둘러싸고 있는 주변의 모든 것을 대하는 태도를 바꾼다면 삶은 자연스럽게 바뀔 것이다.

첫째와 둘째 아들이 중고등학교 시절에 친구들과 놀다가 늦은 밤에 집에 돌아와서 잠을 자고, 이튿날은 잠에서 깨어나지를 못해 툭 하면 학교를 가지 않았다. 이럴 때마다 아이들의 담임 선생님은 애가 타셔서 직장에서 일하고 있는 남편과 나에게 전화를 하신다. 처음 등교를 안 할 때는 무슨 일이라도 있는 것이 아닌가 걱정이 되어서 전화를 하시다가 아무 이상이 없이 반복적으로 결석을 하는 아이들을 부모 탓으로 여기시고, 야단치고 깨워서라도 등교를 할 수 있게 해주시라고 나무라듯이 말씀을 하시곤 했다.

두 아들은 연년생으로 서로 반복해가며 학교를 가지 않았다. 그때는 결석하는 날이 많아서 졸업장이나 제대로 받을 수 있을지 많은 걱정을 해야 했었다. 선생님의 훈계의 말씀이 아이들에게 와닿았는지 그 뒤로 열심히 학교를 가게 되어 졸업장을 받을 수 있었다. 그러던 아이들이 군복무를 마치고 전역을 하고 하는 말이 공부처럼 쉬운 게 없는데 공부를 열심히 할 것을 그랬다며, 공부를 열심히 하지 않은 만큼 더 열심히 살아야겠다고 말한다. 지금은 각자의 성향에 맞는 직업을 선택해 그 누구보다 뛰어난 재능을 발휘하며 성장해나가고 있다. 그 모습을 보고, 비 온 뒤에 무지개가 뜬다는 것을 실감하게 된다.

06

지구에 놀러 온 소풍 길

무의식을 활용해 무한한 잠재력을 개발하는 것은 만능열쇠로 미래의 문을 여는 것과 같다. 생각과 정신 등의 무의식은 아무리 써도 사라지지 않는 보물이며, 위대한 조물주가 우리에게 선물한 소중한 재산이다.

청주에 계시는 나의 어머니께서 우리 집으로 소풍을 오셨다. 오랜만에 딸네집에 오신 어머니는 곁에 있는 딸에게 주무시는 것도 잊으신 듯이 이야기를 하신다. 할머니에게서 받으셨던 힘든 시집살이 이야기서부터 먹을 것이 부족했던 보릿고개 이야기, 6.25전쟁이 났을 때 겪으셨던 이야기 등 몇 날 며칠을 하셔도 다 못 하실 이야기깃거리를 오랜만에 만난 딸에게 다 들려주실 작정이신지 밤이 깊어가는 줄도 모르시고 이야기를 꺼내놓으신다. 피곤해서 지친 몸으로 감기는 눈꺼풀을 탓하며 이야기를 들어드린다. 며느리가 아닌 만만한 딸 앞이라서 그러신지 쌓아놓으신 이야기보따리를 다 들어주기를 바라는 마음으로 풀어놓으신다. 감기는 눈꺼풀의 재촉에 못 이겨 다음에 들어드리기로 하고 잠을 청해야 했다.

평생을 고생을 많이 하시고 살아오셨으니 가슴에 맺힌 사연들이 얼마나 많으시겠는가. 옆에서 주무시는 어머니의 얼굴은 깊으신 고뇌의 주름들이 연륜을 말해주듯이 겹겹이 짙게 주름져 있다. 일을 많이 하신 탓으로 굵어진 손가락 마디는 살아오신 흔적을 말해주는 손이 되어 있었다. 어머니의 손을 잡고 어린 시절 어머니의 품안에서 잠들었던 때를 회상하며 잠이 들었다.

부산에 살고 계시는 유일한 오촌 아저씨가 어머니가 오셨다는 소식에 반가워하시며 어머니를 뵈러 찾아오셨다. 어머니가 우리 집에 오셔야지만 만나 뵐 수 있는 오촌 아저씨는 오랜만에 만나 뵙는 어머니와 맛있는 음식을 드시면서 이야기꽃을 피운다.

어머니는 생선 회를 참 좋아하신다. 어머니가 오실 때마다 계시는 동안에는 원하시는 만큼 생선 회를 준비해드린다. 식성이 좋으셔셔 연세가 많음에도 특별히 아픈 곳 없이 건강하시다. 건강한 몸을 유지해주시는 것만으로도 자식인 나에게는 더할 나위 없이 큰 복이다. 살아 계실 때 건강한 몸으로 계시다가 아프지 않고 편안한 상태에서 천국으로 가주시길 염원해본다.

얼마 전 결혼기념일이었다. 마침 휴일이어서 남편은 집에서 쉬고 있었다. 결혼기념일을 기억도 못 하는 남편은 무심하게 텔레비전을 보고 있었다. 남편은 평상시에도 말이 적은 편이고, 당신의 생일도 기억 못 하고 지낼 때가 많다. 감정의 표현도 무디다.

나는 남편에게 오늘이 결혼기념일인데 선물도 안 해주냐면서 바다를 보러 가자고 졸랐다. 남편은 결혼기념일이라는 말에 못 이기는 척 외출할 준비를 했다. 나는 부랴부랴 바닷가에서 끓여 먹을 생각으로 물, 냄비, 라면,

김치 등과 가스버너를 챙겨 따라 나섰다. 마침 막내아들도 집에 있는 터라 셋이서 그리 멀지 않은 해운대를 지나서 기장 쪽에 있는 바닷가에 도착했다.

부산에서 살고 있음에도 바쁘다는 핑계로 가까이에 있는 바다 구경도 제대로 못 해보고 살았다. 모처럼 바닷가에 와서 끝없이 펼쳐져 훤히 트인 바다를 바라보는 것만으로도 묶여 있던 가슴이 탁 트이는 것처럼 시원하고 상쾌함을 느낄 수 있었다. 한참을 바닷가 바위에 붙어 있는 따개비를 따고 작은 고동을 주우며 사진을 찍고 즐거움을 만끽했다.

바닷가에 있는 틈새에 가스버너를 올려놓고 라면을 끓여 먹기 위해 물을 끓여야 하는데 바람이 너무 많이 불어 몸으로 바람을 막아서며 라면을 끓였다. 바닷가에서 먹는 라면과 김치 맛은 값비싼 음식에 비유할 바가 아니었다. 따개비와 고동을 넣은 라면 맛은 일품 요리만큼이나 맛이 있었다. 잊을 수 없는 결혼기념일을 기념하는 맛있는 라면 맛은 평생 기억으로 남게 되었다.

서울에 살고 있는 여동생은 내가 살고 있는 부산이라는 도시를 좋아한다. 가려고 마음만 먹으면 가까이에 있는 바다를 볼 수 있어서 좋다고 한다. 가끔씩 부산에 올 때면 시간이 아깝다며 구경을 가자고 조른다.

여동생이 부산에 와 있는 동안 구경을 다 하고 갈 생각으로 아침밥을 먹고 길을 나섰다. 태종대를 한참 돌아보고 자갈마당에서 바다를 바라보며 해녀들이 직접 잡아온 소라, 멍게, 낚지, 개불 등 해산물을 맛있게 먹었다.

돌아오는 길에 생각지도 못한 행사에도 참여하게 되었다. 남포동에 국제영화제가 벌어져 사람들의 들썩임에 발길을 재촉해보니 나이든 어르신들께서 가득 행사장을 메우고 계셨다. 알고 보니 60년대 영화 〈춘희〉를 상영하고 예전에 인기를 한 몸에 받았던 김지미 씨와 이영하 씨가 인터뷰를 하고 있었다. 세월의 흐름 앞에서는 예쁜 모습도 허물어짐이 서글퍼진다.

잔치에는 먹거리가 빠지면 안 되는지 각종 먹거리 등이 유혹을 한다. 휴일이라 그런지 수많은 인파들이 유혹에 빠진다. 자갈치 시장에서 연탄불에 금방 구워낸 고등어구이를 맛있게 먹었다. 오랜만에 또 다른 활력을 느껴보는 시간이 되었다. 동생은 생각도 못 한 보너스 구경을 했다고 즐거워했다.

이번엔 내가 살고 있는 금정구의 금정산을 가기로 했다. 등산 배낭에 물과 간단한 도시락을 싸서 넣고 범어사에 들렀다 가기 위해 산을 올라갔다. 직장 일과 집안일을 하느라 가까이에 있는 범어사와 금정산을 둘러볼 여유조차 없이 살았던 나는 동생이 와서야 동생 덕분으로 산과 바다를 돌아볼 수 있었다. 산을 올라본 지가 언제인지 기억도 안 날 만큼 오래전인 것 같다. 그럼에도 동생과 같이 오르는 등산길은 행복해서인지 가벼운 발걸음을 옮기게 했다.

고단봉에 오르기 전에 금샘이 있다. 금샘은 금정산과 범어사의 유래가 얽힌 곳으로, 가뭄이 들면 기우제를 지내는 곳이었으며, 생명의 원천이자 다산을 기원하는 성소였다고 한다. 『동국여지승람』에 의하면, 동래현 북쪽 20리에 있는 금정산 산마루에는 금빛을 띤 우물이 항상 가득 차 있으며 가뭄에도 마르지 않는다고 한다. 그 속에 금빛 나는 물고기가 오색구름을 타고 하늘에서 내려와 놀았다고 하여 금샘이라고 하였다. 또 하늘에서 내려온 금빛 고기와 황금 우물, 그리고 산 이름을 따서 절 이름을 금정산 범어사라고 지었다고 한다.

영남의 삼대 사찰다운 규모와 화려함의 범어사는 예상치 못했던 풍경과의 만남을 주었다. 가장 인상 깊었던 풍경은 기와지붕과 해 뜨는 혹은 해 지는 풍경. 오색 창연한 가을의 풍경이 황홀함을 보여준다. 범어사를 둘러보고 금정산 오르는 길목에서 풍경 좋은 곳에 자리를 잡고 경치 구경을 하며 싸온 도시락을 풀어 맛있게 점심 도시락을 먹었다.

금정산의 정상인 고단봉까지 올라서서 느꼈던 벅찬 감정은 산을 오르는 이유를 알게 해주었다. 시간은 쉼 없이 흐르고 아름다운 사계절은 어김없이 찾아온다. 자연과 우리 인생이 유독 닮음을 느끼게 한다. 문득 내 나이를 의식할 때면 이미 우리 인생은 늦은 가을에 와 있다. 아니, 아직 늦은 가을은 아닐런지도 모른다. 이제 한참 내 시간을 찾는 중이므로 아직 나의 꽃은 예쁘고, 단풍 든 나뭇잎은 더 예쁘게 보인다.

동생과 둘이서 둘러본 가을 금정산의 붉게 물든 풍경은 한껏 아름다움을 뽐냈다. 이렇게 지구에 놀러온 소풍 길이 나의 삶에 에너지를 충전할 수 있었고, 활력소가 되어 다가오는 미래의 아름다운 소풍 길이 되어줄 것이다.

07

자신에게 당당한 인생을 살아라

독일의 철학자 프리드리히 니체는 저서 『차라투스트라는 이렇게 말했다』에서 이렇게 말한다.

"누구나 미래의 꿈에 계속 또 다른 꿈을 더해나가는 적극적인 삶을 살아야 한다. 현재의 작은 성취에 만족하거나 소소한 난관에 봉착할 때마다 다음에 이어질지도 모를 장벽을 걱정하며 미래를 향한 발걸음을 멈춰서는 안 된다."

자신이 발전해나가며 맞이하게 될 새로운 것들을 두려워하면 안 된다. 변화는 결코 삶에 여유가 있거나 특별한 사람들만이 이루는 것이 아니기 때문이다. 여태껏 살아온 날들에서 내 마음 가는 대로 내 인생을 살아보지 못했다. 앞으로는 나 스스로에게 당당한 인생을 살아보려 한다. 아무도 대신 살아주지 않는 내 인생을 지금부터라도 다시 한 번 제대로 살아보고 싶다.

"생각대로 살지 않으면 사는 대로 생각하게 된다."라는 폴 발레리의 말처럼 만약 내 자신이 지금까지 세상이 제시하는 대로 휩쓸려 살아왔다면 지금부터는 자신의 생각대로 삶을 꾸려나가야 할 것이다. '왜 우리는 늘 무언가를 하느라 바쁜가?' '왜 우리는 직면한 삶의 문제들에만 신경을 쏟느라 행복과 기쁨을 제대로 느끼지 못하게 된 것일까?' 이 질문의 답은 감사하지 못한 마음과 자신에게 당당하지 못했기 때문이다.

2년 전 한여름 휴가철이 되어 가족끼리 여행을 가기로 했다. 다섯 식구의 여행 중 필요한 품목들을 챙기는 일은 모두가 내 몫이었다. 여행을 가기 위해 챙겨야 하는 준비 과정에서부터 여행의 목적지에 가서도 네 부자를 위해 일하는 가사 도우미 아내이며 엄마였다. 나는 관광객이 아닌 가사 도우미 일을 하러 온 아줌마 같았다. 남편은 항상 일방적이고, 당신의 몸만 챙기는 타입이라 외출을 할 때나 집안에 있을 때도 상대방을 배려하며 맞추어 주기보다 자기만의 일방적인 생각으로 가족이 따라주길 바라는 사람이다. 그러다 보니 나에게는 여행이 아니었고, 집에 돌아오면 피로가 잔뜩 쌓여 몸살을 앓아야 했다.

이랬던 내가 바뀌어가고 있었다. 책을 쓰기 시작하면서부터 책을 쓰는 일에 집중하다 보니 자연스럽게 집안일을 등한시하게 되었고, 내 손이 닿아야 하는 일도 무시하며 모르는 척했다. 이런 날들이 하루 이틀 지나면서 나는 스스로에게 당당하게 내 길을 가고 있었다.

내가 당당하게 살아오지 못했던 것은 내 자신이 만든 습관이 몸에 배서 가족이 함께해야 할 일을 혼자 도맡아서 하다 보니 당연하게 내가 해야 하는 일이라고 착각했기 때문이었다. 나의 고집으로 내가 해야만 된다는 생각이 나 자신을 괴롭혔던 것이다. 삼 형제 아이들도 집안이 시끄러울까 봐 엄마가 참고 산다는 것을 알고 있었다. 이제는 끼니 때마다 식사를 챙겨주지 않아도 잘 챙겨 먹는다. 청소를 안 해도 네 부자 중 누군가가 청소를 했다.

이제는 완벽해야 한다는 생각이 조금은 느슨해졌다. 제일 우선해야 할 것은 나 자신이라고 생각이 바뀌었기 때문이다. 목표가 있고, 목표를 향해 도전하는 나의 삶이 자신을 행복하게 만들어주었다. 가족에게 당당한 모습으로 바뀌어 내가 하고 싶은 일을 할 수 있는 나에게 칭찬을 아끼지 않는다.

남편이 외동아들이라서 책임져야 할 집안일이 많다. 시골에 혼자 계시는 시어머님을 비롯해 집안에 이어져 내려오는 조상님을 모시는 제사일, 경조사 등 책임이 많은 남편의 일은 곧 나의 일이 되었다.

나는 하나님을 믿는다. 그럼에도 명절이나 기제사 일을 도맡아 차려내야 한다. 시댁 집안에서부터 내려오는 풍습을 져버릴 수가 없어서 그대로 따라서 해야 하는 입장이 되었다. 집안이 편하기 위해 내 생각대로 할 수가 없어서 묵묵히 최선을 다하며 지켜나가고 있는 것이다. 내 생각이 옳다고 생각해도 행동으로 옮길 수 없는 일이기에 어쩔 수 없이 받아들여야 하는 일이었다.

나 자신의 내면에는 나답게 살고 싶어 하는 마음이 있다. 더 나은 삶을 추구하는 마음으로 자신이 생각하는 대로 무언가를 하고 싶어한다. 그럼에도 가족이나 주변 사람들에게 질타를 받는 것이 두려워 스스로에게 당당하지 못한 삶을 살아야 했다. 한 번 뿐인 인생을 무얼 하고 살아왔는지, 앞으로는 어떻게 사는 삶이 스스로에게 당당한 나로 살 것인지, 자신에게 물어봐야 할 것 같다.

대한민국의 변화 경영 사상가인 구본형의 저서 『그대, 스스로를 고용하라』 속의 한 이야기가 질문에 대한 답이 될 것 같다.

"인간으로 태어난 것에 긍지를 느끼는 한 사람이 있었다. 그는 인간답게 살기 위해 교육을 받았다. 유치원에서 고등학교까지 18세를 지나 더욱 인간답게 살기 위해서는 대학 교육을 받아야 한다고 해서 자신의 수능 점수에 적절한 대학교와 학과를 골라 입학을 했다. 중간에 군대를 다녀와서 졸업을 하니 그의 나이 26세가 되어 비로소 어린아이 취급에서 벗어나 자신만의 일을 할 수 있게 되었다. 그러나 취직 시험에서 번번이 떨어졌다. 학원에서 영어와 컴퓨터를 공부하여 2년 만에 간신히 조그만 회사에 들어갔다. 28세였다.

그런데 그가 하는 일은 초등학교에서 배운 지식만으로도 능히 할 수 있는 일이라는 것을 알았을 때 그는 의문을 가지기 시작했다. 인간만이 삶의 3분의 1 정도를 '준비'만 하면서 '교육'만 받으면서 지내는 것이 아닐까? 그러나 그는 직장에 계속 나갔으며 결혼을 하고 아이도 낳았다. 하고 싶은 것 먹고 싶은 것을 다 참으며 집을 갖기 위해 노력한 끝에 10년 만에 보금자리를 마련했다. 그때 그의 나이 38세였다. 그는 자신의 보금자리를 마련하기 위해 삶의 6분의 1을 보내는 동물이 있을까 하는 의문이 생겼다.

집도 장만했고 이제는 좀 삶을 누리며 살고 싶었으나 아내는 수입의 반을 학원비, 교육비로 지출해야 한다고 해서 다시 허리띠를 졸라매고 자식들을 열심히 교육시켰다. 두 자녀를 다 대학졸업을 시키기까지 24년이 걸렸다. 그의 나이 60세가 되었다. 자식 중 한 명은 딸이어서 마지막으로 부부동반 세계여행을 염두해두고 모았던 돈을 혼수 장만하는 데 쓰지 않을 수 없었다.

딸의 결혼식장을 나온 그날 눈이 내리고 있었다. 강아지 한 마리가 눈을 맞으며 신나게 깡총거리며 뛰어 다니는 것을 보며 문득 자신이 언젠가 들었던 욕이 생각났다.

'개만도 못한 놈……'

60세의 그 눈 내리는 어느 날 그는 또다시 의문을 갖기 시작했다.

정말 인간이 동물보다 나은 삶을 살고 있는 걸까?"

나는 어떤 삶을 살아가고 있는가?

이 세상에 태어난 목적은 반드시 존재한다. 자신이 그 목적을 생각하는 순간부터 스스로에게 당당한 인생을 살아가게 될 것이다.

나는 살아오면서 알게 모르게 내 생각보다는 상대방의 생각에 초점을 맞추고, 내 자신의 눈치가 아닌 상대방의 눈치만 보기에 바빴다. 그래서 세상살이는 늘 고달팠다. 내 자신이 어렸을 때는 자신만을 생각했는데 점점 배려라는 이름으로 상대방의 눈치를 보게 된 것이 아닌가 생각한다. 상대방 생각을 먼저 헤아리고 내가 먹고 싶은 것보다는 무리의 의견이나 상사의

지시에 따르고 만다. 세상을 살다 보니 그것이 편하게 살아가는 방법이라는 것을 터득했기 때문이다. 사람들은 개성 있는 튀는 사람을 별로 좋아하지 않는다. 그러나 이제부터 내 인생은 내 것으로 살 것이며, 스스로에게 당당한 인생을 살아갈 것이다.

08

가치 있는 인생을 살아라

"이 세상에서 가장 중요한 사람은 누구일까?"

답은 자기 자신이다. 자신이 이 세상에서 가장 중요한 사람이라는 사실을 기억해야 한다. 자기 자신을 얼마나 중요하다고 여기느냐에 따라 일어나는 일들이 결정된다. 스스로 '나는 중요한 사람이다.'라고 생각하는 사람이 되어야 한다. 자신을 중요하고 가치 있는 사람이라고 생각하며 끊임없이 가치 부여를 해야 세상에서 흔들리지 않고 꿋꿋이 설 수 있다. 그럼으로 지금부터 꾸준히 "나는 중요한 사람이다!"라고 외쳐야 한다.

나는 새로운 삶을 시작했을 때 미래에 대한 두려움과 걱정 때문에 나의 몸에서 자긍심이 빠져 나가는 것을 느낄 때가 많았다. 그럴 때마다 아침저녁으로 "나는 완벽하고, 강하며, 풍요롭고, 중요한 존재다."라는 말을 열 번, 스무 번, 백 번까지도 반복했다. 이처럼 삶에서 자신을 소중히 생각하는 마음가짐을 가지는 것이 중요하다. 자신을 소중히 여기게 되면 좋은 것을 보고, 듣고, 느끼며 좋은 생각을 많이 하게 된다. 자신의 내면이 가치 있는 것으로 가득할 때 자연스럽게 가치 있는 것을 밖으로 표출할 수 있다.

자신의 가치 있는 인생을 위해 살아야 한다. 자신의 꿈은 무엇인가? 하고 싶은 것은 무엇인가? 세계여행, 작가, 부자, 메신저, 어떤 일이든 상관없다. 중요한 것은 그 일을 하려고 하는 마음과 열정이다. 되고 싶고 하고 싶은 일을 하며 사는 것만으로도 나 자신은 행복할 수 있다.

살아가는 길에 급급해 미처 생각하지 못했던 자신만의 꿈, 나 자신이 진정으로 가고 싶었던 그 길에 도전하려 한다. 그 길에는 누구의 의견도 필요하지 않다. 오직 자신만이 그 답을 알고 있기 때문이다. 내 안에 있는 답을 찾아가는 길이 가치 있는 인생을 살아갈 수 있는 방법이기 때문이다.

꿈은 어느 날 갑자기 찾아올 수도 있지만 아주 천천히 다가오기도 한다. 이때 잡아야 한다. 그리고 절박함이 그 진가를 발휘할 수 있도록 한 곳을 향하여 나아가야 한다. 무슨 일이든 성취하려면 온 힘을 쏟아부어야 한다. 사람들이 미쳤다고 할 정도로 빠져들어야 한다.

어떤 꿈을 꾸든 상관없다. 자신이 가진 모든 에너지를 쏟아부을 수 있는 꿈이면 된다. 전부를 걸어야 한다. 그래야 만족스러운 결과를 얻을 수 있다. 꿈이 있다는 사실을 알았다면 이제는 할 일이 있다. 바로 꿈이 자랄 수 있는 토양을 만들어주는 일이다. 지금까지 살기 위한 일들을 해왔다면 이제는 꿈을 돌볼 때가 되었다. 내 꿈이 정말 나의 꿈인지 다시 한 번 확인하고 확신이 섰다면 행동해야 한다. 시간과 노력을 투자해야 한다.

꿈은 가만히 두면 그냥 꿈으로 끝난다. 울타리에 갇힌 동물원의 원숭이와 다를 바 없다. 지금 이 순간부터 자신의 꿈을 초원으로 보내야 한다. 깨지더라도 거기가 자신의 꿈이 살 수 있는 곳이다. 초원 위를 뛰어 놀게 해야 한다. 인생에서 꿈을 이루기 위해 무언가를 시작하기에 너무 늦은 나이란 없다. 자신이 이루고 싶고, 하고 싶은 꿈과 목표가 있다면 나이는 아무런 문제가 되지 않는다. 나이는 숫자에 불과하다는 이야기를 꺼내지 않더라도 지금 나 자신은 젊다.

이 시대 가장 존경받는 정신과 전문의이자 인생성장 연구의 대가인 조지 베일러트는, 여행을 하다 어느 지점에서는 피로에 지쳐 발걸음은 느려지고 힘들어질 테지만 처음 출발할 때보다는 훨씬 목표지점에 훨씬 가까이 다가가 있을 것이라고 그의 책 『행복의 조건』에서 말하고 있다. 나이가 들어도 늦은 것이 아니라는 것이다.

나이를 핑계 대며 자신의 꿈을 접어둔다면 꿈을 놓치고 후회하게 될 것이다. 지금이 기회라고 생각하며 꿈 따라 행복 따라 가치 있는 인생을 살아야 한다. 자신이 하고 싶은 일과 꿈을 가지고 살 수 있다는 것은 정말 행복하고 감사한 일이다. 삶이란 자기 생각과 말, 행동으로 만들어가는 자신의 창조물이다. 자신이 선택한 삶을 살려는 뚜렷한 목표 의식과 그것을 꿈으로만 간직하지 않고 행동으로 실천하려는 강한 확신과 가치 있는 삶을 살려는 의지가 있어야 한다.

고전『돈키호테』의 주인공 돈키호테가 처한 환경을 보면 편력 기사의 세계가 이해되지도 용납되지도 않는 때였다. 그런 환경에도 불구하고 그는 자신이 꿈꾸는 이상을 실현하기를 원했다. 꿈을 행동으로 옮겼다. 소설 속 돈키호테는 지금도 많은 이들에게 꿈과 희망을 주는 인물로 회자되고 있다.

고전으로서의 명성을 이어가고 있는『돈키호테』의 작가 세르반테스는 자신의 존재와 세상에 전하고자 하는 메시지를 소설 속에 담았다. 나 역시 책 속에 메세지를 담고자 한다. 치열하게 메시지를 쓰고 작가, 강연가가 되어 꿈꾸고자 하는 사람들, 행복을 찾는 사람들 그리고 세상을 향해 하고 싶은 말이 있는 사람들에게 다가갈 것이다.

자신이 앞으로 어떤 자세로 살아갈 것인지는 다른 사람이 결정해줄 수 없다. 스스로 결정해야 한다. 자신이 인생의 주인공으로서 헤쳐나가려고 다짐한다면 자신의 삶은 가치 있는 삶이 될 것이다.

주변을 둘러보면 자기 분야의 전문적인 기술과 다른 분야의 지식들을 융합시킴으로써 수억 원의 부를 창출하는 1인 기업가들을 볼 수 있다. 강연, 책 쓰기, 독서법, 스피치, 경매, 부동산 투자 등과 같이 자신이 가진 전문 기술의 블로그와 카페를 통한 마케팅 지식, 유튜브, SNS를 통한 홍보 지식 등 여러 분야의 지식으로 자신의 시스템을 구축해나간다. 그들은 '배움'에 대한 적극적인 투자가 더 큰 가치를 만들어내어 자신에게 되돌아올 것이라고 믿는다. 자신의 돈을 버는 것에만 집중하지 말고 무엇을 배울 건지에 대해 집중할 때 자신의 가치를 높여갈 수 있을 것이다.

미국의 석유 왕인 존 D. 록펠러는 "나는 늘 끔찍한 실패를 기회로 만들려고 애를 쓴다."라고 말했다. 이처럼 실패 속에 감추어진 보석을 발견하려고 노력해야 한다. 만약 돈을 잃은 두려움에 압도되거나 대중과 다르게 행동하는 것을 두려워한다면 부자가 되는 것은 거의 불가능하다.

성공한 사람은 결코 돈을 위해서 일하지 않는다. 그들은 배움을 위해서 일하고 자신만의 시스템으로 돈이 일할 수 있도록 체계화시켰다. 그들이 생각하는 돈에 대한 개념을 어떻게 받아들일지는 자신에게 달려 있다. 돈으로만 자신의 부와 가치를 결정해서는 안 된다. 이것을 이해하고 받아들이게 된다면 돈이라는 것은 부를 구성하는 수많은 요소 중 하나일 뿐 그 이상도 그 이하도 아니라는 것을 깨닫게 될 것이다.

〈한책협〉 김도사 님은 유튜브에서 이렇게 말한다.

"돈이 누군가를 살릴 수 있고, 사람을 죽일 수도 있고, 좋은 일도 할 수 있고 조금 더 행복한 삶을 살 수 있고, 윤택한 삶을 살 수 있는 것이다. 돈이 얼마나 소중한지를 알게 되었다. 돈 버는 방법만 알아도 돈이 쌓인다."

1. 직장생활에 올인하지 마라. 사업, 투자, 창업을 통해서 원하는 돈을 벌 수 있다.
2. 부자가 되고 싶다면 돈 버는 방법을 배워라. 부자와 어울려라. 특별한 삶, 인정받는 삶을 살아야 한다.
3. 자본 투자 없이 할 수 있는 지식 창업을 해라. 무조건 1인 창업을 하라.
4. 돈과 부와 관련된 책을 읽어라. 의식과 관련된 책을 읽고 의식을 높여야 한다.

5. 경험과 노하우를 사람들에게 돈을 받고 팔아라. 무자본 창업인 1인 창업을 통해서 평생 현역으로 사는 직업을 가져야 한다.

자신이 가지고 있는 지식과 경험, 원리와 노하우, 삶을 깨달음으로써 다른 사람들 삶을 변화시키면서 자신 또한 성공할 수 있음을 알고 있다. 자신이 얼마나 특별하고 위대한 사람인지, 성공하는 삶을 살아가게 될 것인지 알게 한다. "성공해서 책을 쓰는 것이 아니라 책을 써서 성공한다."라고 말한다. 나 또한 성공하기 위해 책을 쓰고 있다. 이 길만이 가치 있는 인생을 살 수 있기 때문이다.

09

우리는
우리가 상상한 대로 된다

생각을 하고 말을 하면 말하는 대로 이루어진다. 말은 파동과 파장으로 우주를 움직여 놀라운 파워를 준다.

예전에 다니던 교회 부흥회에 예언 은사님께서 초청되어 오셨다. 은사님은 내 머리에 손을 얹고 미래를 예언해주셨다. 크고 넓은 집을 가질 것이고, 장사를 하게 된다는 예언 말씀을 주셨다. 그때는 아이들이 어려서 집안 살림만 할 때였다. 남편이 사업하다 큰 빚을 지고 있을 때라 예언 말씀은 마음에 새겨두고 있었다.

예언 말씀을 믿으며, 넓고 큰 내 집을 머릿속에 그림을 그려놓고, 큰 집에서 살고 있는 내 모습을 바라보았다. 미래에 이루어질 것이라고 상상하며 7년이라는 세월이 흘렀을 때 미래의 예언 말씀은 내 앞에 현실로 이루어져 있었다. 장사를 하게 된다는 예언 말씀도 내가 생각조차 해보지 않았던 단란주점 노래방을 하게 되는 현실로 이루어주셨다.

하나님께서는 거짓말을 안 하신다. 바르고 곧게 굳은 믿음으로 현실에 최선을 다하며 살아왔기에 상상했던 대로 이루어진 축복이라고 생각한다. 현재를 잊어버린 사람에게는 자신이 원하는 미래란 있을 수가 없기 때문이다. 프리드리히 니체는 우리 삶을 확고히 지탱하고 있는 것들을 끝까지 흔들림 없이 믿어야 한다고 말했다. 이런 태도만이 우리를 제대로 살게 하기 때문이다.

누구나 다 알 듯이 삶이라는 것은 결코 두 번 주어지지 않는다. 한 번뿐인 삶은 그만큼 소중한 것이다. 세상을 살아가면서 꿈과 목표를 가지고 이미 이루어진 것처럼 생각하고 말하며 행동해야 한다. 그리고 이루어질 것이라고 믿는다. 목표를 이룬 나의 모습을 상상하는 것만으로도 하루가 행복하며 나를 움직이게 하는 에너지가 내면에서 솟아나는 것을 느낀다.

나뿐만 아니라 성공한 사람의 대부분은 무엇인가를 이루기 전에 항상 자신이 이루고자 하는 것에 대해 상상하는 습관을 갖고 있다. 그 대표적인 예로 김밥 파는 CEO로 유명한 김승호 대표가 있다. 그는 빈손으로 시작해 10년 만에 순재산 4,000억 원을 달성했다. 그가 자신의 저서인 『김밥 파는 CEO』에서 자신만의 성공 비결에 대해 이렇게 말했다.

그는 갖고 싶거나 이루고 싶은 것이 있으면 상상을 한다고 한다. 명함 사이즈의 종이에 꿈을 적고 그것을 이미지화한 그림을 그렸다. 그리고 시간이 날 때마다 들여다보며 소리내 읽었다고 한다.

"내가 이루어놓은 그 어떤 것도 내가 상상하지 않은 것은 없다."

이처럼 갖고 싶은 것, 원하는 것이 있다면 글과 사진으로 시각화하라. 시각화된 꿈은 반드시 이루어진다. 목표를 순차적으로 나열하게 되면 '이것을 끝낸 다음에 저것을 하자.'라고 생각하게 된다. 곧 자신이 지금 당장 해야 하는 일에 집중할 수 있게 되는 것이다. 자신의 꿈과 목표를 종이에 적었다는 것 자체가 의미 있는 일이다. 그 순간이 자신의 삶이 1도 정도 방향을 바꾸는 때다. 그 1도의 차이가 시간이 흐를수록 큰 차이를 만들어낼 것이다.

인생을 성공적으로 이끌면서 경제적인 부를 이룬 사람들은 자신이 원하는 것을 습관처럼 상상하며 시각화하여 목표를 명확하게 세운다. 자신의 미래를 꿈꾸며 이루고자 하는 목표를 상상하며 기록한다. 시간이 있을 때마다 자신이 이루고자 하는 모습을 끊임없이 열정적으로 말한다. 그리고 그것이 이루어질 것이라고 확신하는 습관을 갖고 있다.

런던에 세계 최대 규모의 백화점을 세운 고든 H. 셀프리지는 영국에 출점하기 훨씬 전부터 이미 머릿속에 완성된 백화점의 모습을 갖고 있었다. 그래서 그는 말했다.

"나는 개점하자마자 손님들이 넘치는 것을 보았다."

성공한 사람들 대부분은 자신이 이루고자 하는 목표를 시간이 날 때마다 강렬하게 상상하거나 말한다. 목표를 이루고 말겠다는 근면함과 미루지 않는 실행력도 갖췄다. 또한 그것이 실행될 때까지 집요할 정도로 자신의 머릿속에 목표를 붙잡고 다녔다.

시작은 미비하고 모래 위의 성처럼 불안하게 보였을지 모르지만 그 바탕에는 '자기 확신'이라는 튼튼한 기반이 있었다. 자기 확신으로 가득한 내면으로부터 나오는 언어는 자신의 잠재의식에 깊이 새겨진다. 일단 잠재의식에 새겨지면 그 모습을 현실화하기 위해 잠재의식은 우주의 모든 에너지를 끌어와 현실화시킨다. 단, 잠재의식은 그것이 실제인지 상상인지 구분하지 못할 뿐만 아니라 긍정과 부정을 구분하지 못하기 때문에 새겨진 생각들이 그대로 이루어진다.

오시마 준이치의 저서인 『커피 한잔의 명상으로 10억을 번 사람들』에는 이런 내용이 들어 있다. 미국의 석유업을 일으킨 헨리 플래글러는 자신의 성공비결은 계획이 완성된 것을 머릿속으로 보는 능력이라고 말했다. 『커피 한잔의 명상으로 10억을 번 사람들』을 쓴 오시마 준이치는 그의 책에서 헨리 플래글러는 눈을 감고 거대한 석유산업을 상상하고, 기차가 레일 위를 달리는 것을 보고, 기적이 울리는 것을 듣고, 연기를 보았다고 말했다.

성공한 사람들은 큰 결실을 맺은 자신의 모습을 미리 그려본다. 나는 어느 날 힘든 일만 하며 지내는 나를 돌아보게 되었다. 나이테는 늘어가고 있는데 언제까지나 일을 할 수 있는 것은 아니라는 생각이 들어 5년 후, 10년 후의 나의 미래를 그려보자 지금의 생활과 별반 다를 게 없을 것 같은 생각이 들었다. 그 순간 미래의 나에게 너무나도 미안한 마음이 들었다. 내가 변하지 않으면 현재나 미래나 똑같다는 생각에 변화하는 삶을 살아야겠다고 다짐했다.

그러던 중 〈한책협〉 김도사 님의 유튜브를 보게 됐고, 김도사 님의 저서인 『내가 100억 부자가 된 7가지 비밀』을 읽으며 점점 김도사 님이라는 사람에게 관심을 가지게 되었다. 반복적으로 유튜브를 보면서 제2의 인생, 인생 2막의 길을 가기로 결심했다.

그 이후 〈한책협〉 책 쓰기 1일 특강에 참여하게 되었다. 1일 특강에서 직접 뵙게 된 김도사 님은 유튜브 영상으로 말씀하셨던 거와 다를 바 없이 무려 240권이 넘는 책을 집필하셨고, 재산이 150억에 달하는 세계 최고의 책 쓰기 달인에, 거인과도 같은 거대한 분이셨다.

책 한 권 읽을 여유조차 없이 살아왔던 나는 김도사 님의 천재적인 실력을 믿는 믿음으로 김도사 님의 제자의 길을 가게 되었다. 가슴속 한편에 새겨두었던 꿈을 상상하며 살아온 내게 상상한 대로 꿈이 이루어지고 있었다. 하고 싶은 일을 미루다 보면 기회를 놓쳐버리게 된다. 늦은 나이의 내게 기회는 두 번 다시 오지 않을 것이기 때문이다.

작가의 길을 가고 있는 나의 머릿속에는 전국을 다니며 강연하는 모습과 내가 쓴 책들이 대형 서점의 베스트셀러에 올라 와 있는 모습, 그곳에서 사인회를 열어 독자들과 만나는 순간이 보인다. 나의 미래를 상상하니 생각한 대로 모든 것을 이루게 되었다.